선생님은 너희를 사랑한단다

선생님은 너희를 사랑한단다

글쓴이 / 신호현
펴낸이 / 孫貞順
펴낸곳 / 모아드림

1판 1쇄 / 2010년 10월 15일

서울 서대문구 북아현3동 1-1278
전화 / 365-8111~2
팩시밀리 / 365-8110
E-mail / morebook@morebook.co.kr
http://www.morebook.co.kr
등록번호 / 제2-2264호(1996.10.24)

ⓒ신호현
ISBN 978-89-5664-137-9

값 9,000원

모아드림 기획시선 126

선생님은 너희를 사랑한단다

신호현 시집

모아드림

■ 시인의 말

아이들이 붙여준
원시인이라는 별명이 갈수록 정감이 갑니다.

육아시집 『아가야! 사랑해』이후
원시인은 논술 바람에 쏠리어 살았습니다.
논술도 술인데 취해도 흥이 없었습니다.

오래전부터 시는 원시인의 고향입니다.
시로 서로의 만남을 기뻐하고 나누며
시로 사랑과 그리움을 노래한다는 것은
교직 생활 원시인의 또다른 기쁨입니다.

요즘 교육개혁이라는 이름으로
각종 정책들이 교육현장을 어렵게 합니다.
파도가 치고 폭풍이 엄습할지지라도
저 깊은 심연은 흔들리지 않으리라 믿습니다.

누가 뭐래도
교육은 우리 모두의 희망이고
학교는 다시 찾아갈 그리움이며
선생님은 아이들을 끊임없이 사랑할 것입니다.

학생 학부모 선생님이
한 다발 꽃묶음으로 피어나는 학교엔
교실마다 호호호 하하하 웃음샘이 솟아나
너른 바다로 향하는 꿈이 일렁일 것입니다.

이 시집을 위해 함께 참여해 주신
전국의 많은 선생님들과 학부모님들
그리고 사랑하는 제자들에게 감사드립니다.

한 편의 시가 필요한 교육 현장에서

이 홍 자
(시인 · 서울사대부설여중 교장)

요즘 교육이 힘든 이유는 교육이 이상한 논리에 편승하여 갈팡질팡하기 때문입니다. 정권이 바뀔 때마다 교육 정책이 바뀌면서 현장에는 '교육 쓰나미'가 몰려옵니다. 교육을 잘 모른 채 교육 정책을 내세우고, 임기 내내 그 정책을 실행하다가 실패하고, 정권이 바뀌면 다시 정책이 바뀌고, 실패할 때마다 그 정책 실수를 고스란히 현장 교사가 담당해야 하는 일이 되풀이 되는 곳이 교육 현장입니다. 현장 교육을 지키는 우리네 선생님들은 쓰나미 속에 이리저리 쓸려 생긴 상처를 안고 오늘도 교육을 담당합니다.

잦은 교육 개혁으로 교육을 이끌어가기보다는 교육을 망치는 것을 볼 때마다 이런 생각이 듭니다. 바다에 가면 표면에는 파도가 거세게 몰아쳐도 저 깊은 곳은 잔잔하여 많은 생명이 자라고 있듯이 교육 정책이 아무리 바뀌고 개혁을 부르짖어도 '선생님이 아이들을 사랑하는 진실'은 변하지 않는다는 것입니다.

'원시인'이라는 필명의 신호현 선생님을 서울시 꿀맛 사이버 논술지원단으로 만났습니다. 논술만 잘 하는 줄 알았더니 알고 보니 시인이었습니다. 그냥 시인이 아니라 '시 교육 전도사'라고 해야 맞을 것 같습니다. 신호현 선생님의 시는 '대한민국 선생님들의 변하지 않는 아이들 사랑'을 읊고 있습니다.

논술 교과서 『독서와 논술』, 『중학 논술』을 집필하기도 한 논술교육 전문가 신호현 선생님은 그의 시 '원시인'에서 '원시 이야기 시로 쓰다가 / … / 원시 세계로 돌아가리라'라고 하면서 꾸준히 시를 쓰면서 다른 목소리로 교육을 이야기해왔던 것입니다. 그는 늘 '시는 원시인이 돌아가야 할 고향'이라고 했습니다.

시집 『선생님은 너희를 사랑한단다』는 갈수록 교육이 힘들어지는 학교에서 시를 통해 교육의 진실을 외치고 있습니다. 어쩌면 항변인지도 모릅니다. 그러나 많은 선생

님들과 학부모, 학생들이 함께 의견을 모아 참여함으로
서 보다 아름다운 학교를 만들 수 있다는 확신을 가지고
있습니다. 이제는 교육 현장에 한 편의 아름다운 시가 필
요한 때입니다. 시인 '원시인' 의 새로운 작업에 거는 기
대가 큽니다.

아이들에 대한 사랑과 열정의 시

최 미 숙
(학교를 사랑하는 학부모 모임 상임대표)

사람이 일생을 살아가는 동안 수많은 사람을 만나게 되지만 학부모에게 가장 의미 있는 분은 선생님이 아닐까 합니다. 돌이켜보니 오래 전, 부푼 꿈과 희망을 가득 안고 초등학교에 아이를 입학시키며 담임선생님은 어떤 분이실까, 설렘 속에 좋은 분이시길 바라는 막연한 기대를 한 기억이 있습니다.

아들만 셋인지라 군사부일체君師父一體라고 해서 선생님과 임금, 아버지를 동등시하는 강요를 하였습니다. 교육은 한 인간을 완성시키는 중요한 과정이기에 그 과정을 이끄는 우리 아이 선생님이야말로 이 세상에서 그 무엇과도 비교할 수 없는 가장 숭고하고 은혜로운 분이시기 때문입니다. 다행히 선생님의 애정과 관심, 정성어린 보살핌으로 부족한 우리 아이들이 육·해·공군을 제대하고 대학에 복학하여 제 역할에 최선을 다하고 있어 늘 선생님들께 감사하는 마음입니다.

신호현 선생님은 「서울교육소식지」에 '아이들'이란 시로 처음 만나 뵈었습니다. 아이들 외에도 '나는 너에게', '담임선생님', '가시에 찔린 정원사' 등의 시는 봄바람처럼 따뜻한 마음으로 빙그레 웃으시며 아이들을 사랑스럽게 쳐다보고 계시는 선생님의 모습이었습니다. 원시인이란 필호도 그렇고 모습이 궁금했는데 선생님은 만나면 만날수록 따뜻한 정감이 가는 선생님이었습니다.

이번에 선생님의 네 번째 시집 제목이기도 한 「선생님은 너희들을 사랑한단다」에서 '음악시간 합창을 하듯 / 높은 소리 낮은 음성으로 / 미술시간 그림 그리듯 / 곧은 숨결 둥근 마음으로'에서처럼 사랑하는 마음을 담았으며, 「호수」라는 시에서는 '아이들이 도란거리는 / 교실을 가만히 들여다보라' 등 하나하나 읽고 있으면 잔잔한 감동에 가슴이 뭉클해집니다. 내가 만약 선생님이라면 원시인 선생님같이 '통통 튀고 까탈스럽고 천방지축

뛰는 아이들'을 이처럼 귀여워하며 눈높이를 과연 맞추어줄 수 있을까 싶습니다. 무한한 사랑으로 아이들의 잠재력과 가능성, 다양한 재능과 특기를 지닌 학생들에게 밑그림을 그려주고 학생들이 꿈과 포부를 활짝 피울 수 있도록 해주시는 선생님의 애정에 교육의 본질이 무엇인가를 생각하게 합니다.

저는 원시인 선생님의 아이들에 대한 열정과 사랑이 고스란히 녹아있는 시를 접하면서 우리 교육문제를 해결하는 희망을 보았습니다. 신호현 선생님의 교육철학에 공감하며 새로운 시집『선생님은 너희들을 사랑한단다』출간을 축하드립니다. 또한 신호현 선생님은 우리 교육과 아이들을 위해서 더 의미 있고 뜻깊은 일을 해주실 것을 기대합니다.

많은 분들이 '지금이 학교 교육의 위기'라고 합니다. 교사, 학부모, 학생 모두가 공교육의 신뢰회복을 외쳐야 할 만큼 서로에 대한 불신을 갖고 있다고 봅니다. 혹자는 한국의 교육문제는 신도 해결하기 힘들다고들 합니다. 교육은 '그 어떤 행위보다 값진 것이지만 그만큼 양면성의 무서운 힘'을 가지고 있는 것입니다. 아무쪼록 선생님들의 올바르고 가슴 따뜻한 가르침 속에서 아이들의 밝은 미래만을 바라 볼 수 있었으면 좋겠습니다.

즐겁고 행복하게 사는 지혜를 가르치는 일

김 주 남
(배화여자중학교 교장)

영국 '섬머 힐'의 교장 '니일'은 어느 날 교정을 돌다가 온실 유리창을 깨는 학생을 발견하였습니다. 니일은 학생 옆으로 다가가 말없이 학생과 똑같이 유리창을 깨기 시작하였습니다. 놀란 학생은 깨던 행동을 멈추고 니일을 물끄러미 바라보다가 물어 보았습니다. "왜 그러세요?" 니일이 답했습니다. "너처럼 유리창을 깨면 마음이 어떤지 알고 싶어서…."

그 다음 이야기가 어떻게 전개되었는지는 알 수 없지만 학생의 마음을 알지 못하고는 제대로 가르칠 수 없다는 니일의 교육 사상이 그대로 드러나는 일화가 아닐 수 없습니다. '배우고 가르치는데 있어서 감정의 교류는 지혜가 흐르는 통로를 만듭니다.' 스승은 제자의 마음속에 앎의 기쁨, 지혜에 대한 사랑이 용솟음치도록 만들어 주어야 합니다. 그러기 위하여 스승은 자아에 대한 깊은 성찰과 이해를 갖지 않으면 안됩니다. '자신을 정직하게 바라보고 참자아를 발견할 수 있을 때 비로소 스승은 제자 앞에서 자유' 로울 수 있는 것입니다. 그것이 미국의 존경 받는 교육학자 '파카 파머' 가 말한 '가르칠 수 있는 용기' 이기도 합니다.

'제자 역시 스승 앞에서 자신의 무지를 인정하는 겸손함과 물음에 대한 답을 스승에게서 찾는 진지함에서 진리에 다가 설 수 있는 자격' 을 얻게 됩니다. 스승과 제자의 만남은 이렇게 해서 아름다움을 만들고 그 향기로 말미암아 말하지 않아도 주변 사람들에게 알려집니다. 함께하며 제자의 부족함에 더하여 완전하게 만들어 주는 이가 스승이며, 스승의 가르침을 따르면서 의심 없이 자신의 무지를 고백하고 묻는 이가 제자라는 사제의 관계는 동서와 역사를 통하여 변하지 않는 진리입니다.

시 「소나기 오는 날에」에서 '선생님과 아이들은 / 빗속에서 춤을 춘다' 를 읽으면서 '헤르만 헷세' 의 '유리알 유희' 가 떠올랐습니다. 제자와 함께 춤을 추면서 가르치는 스승 '크네히트'의 헌신에서 참된 교사의 모습을 보듯이 소나기 오는 날에 선생님은 춤으로 아이들에게 기쁨의 모습을 보입니다. 소나기 속에서 흥겨워 덩실대는 교사와 아이들의 어우러진 모습이 너무나 아름다운 그림으로 다가옵니다.

그렇습니다. 교육이란, 원래 '즐겁고 행복하게 사는 지혜를 가르치는 일'이 아닌가 합니다. 명령과 지시와 훈계로 굳어진 교육 현실에서 스승과 제자의 격의 없는 감정의 교류와 그 교류의 결과로 만들어진 춤 동작의 조화가 가르침의 본질을 일깨워 줍니다.

청소년들의 순결한 마음과 모습, 사회와 학교 곳곳에 숨겨져 있는 깊은 교육의 의미를 발견하고 속삭여 주는 원시인의 목소리는 '학교에서 찾은 순수한 영혼의 시'로 우리로 하여금 교육의 참모습과 미처 생각지 못했던 스승과 제자와의 관계를 깨닫게 합니다.

신호현 선생님의 시집 『선생님은 너희를 사랑한단다』는 읽고 음미할수록 '꽃으로도 아이를 때리지 말라'는 자유주의 교육자 '프란시스코 페레'의 체취를 한 세기를 지나서도 잔잔하게 맡아볼 수 있습니다.

시를 통해 소통하고 나누는
특별한 선생님

이 경 희
(안양 부안중 학부모)

시를 읽으면서 '이런 마음을 가진 선생님을 만난 아이들은 얼마나 행복할까?' 그리고 '행복한 아이들을 둔 부모는 얼마나 좋을까?' 하는 생각들을 했습니다. 요즘 세상에 학교와 교사가 얼마나 그 가치성을 잃어가고 있는지를 날마다 느끼는 학부모로서 마음이 따스하고 바른 눈을 가진 교사가 얼마나 귀한지 느낍니다. 모든 것을 결과로 판단만하는 시대에 살면서 삶의 가치를 잘하는 것에만 맞추고 1등이 아닌 것은 마치 죄악처럼, 삶의 패배자가 되어버리는 세상입니다.

「선생님은 너희를 사랑한단다」의 시처럼 매일 따스하게 사랑한다고 말해주는 선생님이 계신다면, 교직을 천직처럼 여기는 선생님이 계신다면, 얼마나 좋을까요? 우리 딸의 장래희망이 교사입니다. 안정적이고 그래도 존경받을 수 있는 직장이 될 수 있다고 생각할 수도 있지만, 저는 딸이 깊은 마음으로 아이들을 사랑하고 아껴줄 수 있는 선생님이 되었으면 좋겠습니다.

일등 하는 아이도 꼴등 하는 아이도 그 예쁨의 차이가 없고 그 가치와 개성을 칭찬하고 찾아줄 수 있는 특별한 선생님 말입니다. 교직에 몸담고 오랜 세월 많은 아이들을 만나고 헤어지며 정성을 다하셨을 선생님들…. 그래도 세상이 이만큼 선한 사람들이 자라날 수 있다는 것은 열정을 가지고 바른 길로 인도해 주신 참 스승이 계셨기 때문입니다.

시 「선생님 당신은(1)」에서 '귀 얇은 세상 무리들이 / 가랑잎처럼 흔들릴 때 / 흔들리지 않는 버팀목이신 / 당신은 기둥이십니다' 에 공감합니다. 남을 존경하고 배려할 줄 모르는 사람들, 남 말하기 좋은 사람들, 남을 깎아내리기 좋아하는 사람들은 잘 되어 있는 것도 무너뜨리는 것에 안타까운 기쁨을 찾습니다.

뉴스에 나오는 비정상적인 몇몇으로 전부를 모독하는

참 이기적인 세상, 그것 때문에 오해받고 상처받는 선한 선생님들이 얼마나 많을까요? 죄인도 아닌데 교실에 인 터넷 수업 공개가 웬 말이며, 그렇게 믿을 수 없는 사람 에게 자식을 맡길 수 있다는 말인지 도무지 이런 생각하 는 사람을 이해할 수 없습니다.

시를 통해 아이들과 소통하고 나누며 아이들에게 사 랑을 보여 줄 수 있는 특별한 선생님을 만난 것 같아 정 말 반가웠습니다. 대한민국의 모든 선생님들 힘내십시 오! 아울러 큰 사랑으로 상처 많은 아이들을 보듬어 주 시기를 간절히 바랍니다.

차 례

제2부 너희들만이 희망이다

제3부 더 높은 비상을 위해

제4부 가시에 찔린 정원사

제5부 선생님 당신은

제1부
선생님은 너희를 사랑한단다

서사시 序師詩

시냇물 하하호호 흐르는
알미산 장터 마을 언덕에
개나리 민들레 쑥쑥 커가듯
지금도 자라는 내 유년의 꿈

황소 고삐 풀어
맛있는 풀 따라 뜯기고
푸른 초장 황금들판 엎드려
자유의 황소 바라보는 꿈

그 때 솟았던 뭉게구름이
그 때 높혔던 푸른 하늘이
대한의 중심 넓은 한강에서
가물치 같은 너희 만났다

두어 평 남짓
푸른 초장에 누워
열심히 언어의 풀 뜯는
너희 펼쳐진 미래 바라보며
가슴깊이 우러나는 기쁨 누리노라

원시인

학창시절에도
제대로 갖지 못했던
아이들이 붙여준
나의 별명

원시의 사람原始人
원래부터 시인인 사람原詩人
으뜸 가는 시인元詩人

원시의 먼 나라
타임머신 타고 내려와
안경도 써보고
양복도 입어보니
아무도 모르는 나만의 비밀

그리운 나라
원시 세계로 가는 날까지

낮엔 현대 아이들 가르치고
밤엔 타임머신 고치며
원시 이야기 시로 쓰다가

타임머신 다 고치는 날에
안경 벗어 두고
양복 벗어 두고
원시 세계로 돌아가리라

무직자의 꿈

오늘 하루
중천에 떴던 해가
잠깐의 외출을 허락하고
보도 위에 긴 상념만 뿌렸다

부끄럽게 주섬주섬 손에 쥔
가로수 교차로 등의 생활정보 신문
초췌하게 웅얼진 내 자취방에서
이를 잡듯 뒤지는 구인란

학습지 관리 교사 모집
경력자 2백만 초임 1백 50만
의욕 있고 정열 있는 사람 환영
〈성공교육〉 653 - ㅇㅇㅇㅇ

사범대학 졸업 후
백지같은 교사자격증 가슴에 안고

신문마다 학교마다 떠돌다가
늘상 다시 만나는 쓸쓸한 자췻방

초봉 176만 5천원이 아닌
초롱초롱한 눈망울이 기다리는
내 삶의 일터 교단을 향해
오늘도 신문만 뒤적거린다

정원사

따스한 햇볕이
앙상한 가지 타내리는
필운골 언덕에

노랑 빨강 하양…
원색의 고운 얼굴들이
이곳에 한 꽃묶음 피웠네

꽃잎은
각기 다르지만
잎은 각기 다르지만

같은 가지
같은 줄기 모양
하나되는 마음으로 모여

가슴 속

한아름 푸른 꿈 안고
그렇게 속절없이 떠나기까지

햇병아리 같은
너희 맞아 함께 나누는
튼실한 정원사가 되리라

개학식 날에

말하지 않아도
웃고 있지 않아도
끊임없이 재잘대는 눈빛
저마다 살구꽃 피우리라

그 기나긴
겨울잠에서 깨어나
개나리 진달래로 피는
진분홍 축제

새로운 봉우리
푸르른 새싹으로
봄바람 만나는 너희는
선생님을 힐끗힐끗

어색해진 발걸음
기도하는 마음으로

필운대 언덕 오르는
선생님 어깨가 으쓱으쓱

또다시 하나 되어
믿음 소망 사랑 키우며
삶의 새 계단을 오르자꾸나
사랑하는 너희들아

초임 교사

아직 낯선 바람 부는 학교
파아란 하늘 노오란 꽃처럼
웃지 않아도 웃는 듯
설레는 내 마음

긴긴 겨울방학 끝나고
대지 위 파릇파릇해지면
구석마다 도란대는 너희 보며
기도하는 햇병아리 선생님

그 긴 겨울잠에서 깨어나
발돋움하는 개구리 보았는가
새로운 각오 희망 부풀어
계단 오르는 힘찬 발걸음

작은 몸짓 함박웃음 쏟뜨리는
솜털 같이 여린 너희 살결로

새로운 꿈 또다른 세상 찾는
미래의 기둥 너희들 앞에서

'무엇을 어떻게 가르칠까'
너희 앞에 언제나 초보 되는 난
머리속 기억의 바다 저편 건너는
너희 이름 살며시 불러본다

너희를 보면

너희를 보면
가슴 속에 꽉 차오는
다섯 개 마음이 있어

노총각 서른 가슴 녹이는
기다림에 목마른
항공 엽서 같기도 하고

몸 곧게 세운 들판
남몰래 피고 지는
하이얀 들꽃 같기도 하고

비가 오나 눈이 오나
하늘 향해 손 흔드는
푸른 나무 같기도 하고

한여름 높은 산 정상

설레임 날리는
부는 바람 같기도 하고

한 겨울 너른 바다
안타까움 쓸어내는
매운 파도 같기도 하고

너희를 보면
가슴 속 꽉 차오는 그리움은
세월 되어 가슴만 자꾸 비우더라

선생님은 너희를 사랑한단다

음악시간 합창하듯
높은 소리 낮은 음성으로
미술시간 그림 그리듯
곧은 숨결 둥근 마음으로
선생님은 너희를 사랑한단다

한 번 교편 손에 들면
영원히 너희를 사랑해야 하는
정글의 끈끈한 거미줄처럼
믿음으로 얽혀 사는 우리

너희 해맑은 웃음꽃 먹고 사는
선생님에겐 부귀영화도 헛된 꿈
두어 평 남짓 푸른 초장에 누워
열심히 풀을 뜯는 너희를 보며
너희와 함께 키우는 소망

새벽까치처럼 잠 설치고 나와
희뿌연 안개 피워 마시는 우리
가슴 속 꽃잎 바싹 마를 때까지
선생님은 너희를 사랑한단다

소녀

내가 가진
작은 불씨 하나
너희에게 심어 주어
너희로 피워지는 꽃

언제나
너희 앞에 서지만
너희 뒤를 지키며
던지는 마지막 미소

때로
너희가 넘어지고
너희가 눈물지을 때
손잡아 주는 기도

부끄러운 몸짓으로
환한 웃음

밝은 미래
활짝 열어줄 수 있다면

내 정수리에
작은 불꽃 피워
너희 앞길 밝히리

수업에 들어가며

출석부 들고 교무실 나서
아이들이 있는 교실로 가는
발걸음은 왠지 무겁기만 하다

한 계단 두 계단
오르고 또 오르면서
숱하게 부딪쳐오는 상념들
'무엇을 어떻게 가르칠까'
'아이들에게 화를 내지 말아야지'

아직도 쉬는 시간처럼 요동치는
아이들을 향하여 가는 마음은
저 로마의 철갑기사인 양

골수마다 빈틈없이 찌를
날카롭고 예리한 칼 들고
당위정 유머의 갑옷 입고
아이들 몰려 우글우글 떠드는
적진 향하여 힘차게 말을 몬다

출석부

매일 아침
출석부에 날짜 쓰며
오늘도 무사한 하루 기원해

그 많은 꿈을 안고
숱한 사연 접어 내 앞에 서기까지
너희의 눈빛에 희망 가득 담고
민들레 같은 너희 이름 부른다

너희가 원하는 것
모두 줄 수 있는 선생은 아니지만
하루하루 뜨거운 여름 햇빛 받아
달고 풍성한 열매 만들어 가듯

너희와 나의 눈빛 속에 영그는
아름다운 너희 미래를 꿈꾸며
매일 아침 출석을 부르며
무결석을 꿈꾸곤 한다

인사를 받으며

문득
너희에게 인사 받으면
지난 날 내가 어렸을 때
선생님께 어른들께 인사했던
인사들이 자라고 열매 맺어
풍성히 내게 돌아오는 듯싶구나

교만했던 인사는
더욱 교만하여 돌아오고
겸손하고 정중했던 인사는
보다 겸손하고 정중해져
머리 숙여 인사 받는다

인사를 받아 보면
너희 마음 숨겨져 보여
내 인격 너희로 드러나는데

외면하는 너희 보면
'어떻게 다가서나' 숙제 안는
내가 오히려 더 부끄러워져
너희 앞에 고개를 숙인다

영어방송 수업을 들으며

16절지 시험지 한 장 놓고
머리를 쳐박고 손놀림하며
영어로 단련되는 너희 본다

may well과
may as well의 차이를
익히기 위해 따라하는 입놀림은
'맴맴' 매미 울음소리로 들려온다

국문법도 채 익히지 못한
15살의 얄팍한 순수를 깨고
해석도 바쁜 부실한 기초에
철근 쑤셔넣는 부실 교육 본다

국어 시간에 문법만 나오면
혀를 끌끌차던 너희였는데
국어를 잘하는 사람보다

영어를 '쫠쫠' 잘하는 사람
더 필요로 하는 선진국가란다

국어를 가르치는 담임으로
영어 방송 수업을 감시하는 난
그래도 숨겨 국어 숙제 하는
너희 진실에 희망을 건다

악동

시험문제 출제 마감일은 다가오고
교원평가 공개수업은 다가오고
시간은 촉박한데 꿈을 꿨다

학교가 어딘지
시험 보러 출근해야 하는데
선생으로 학생으로 가방 들고
꿈같이 학교를 찾아갔다

학생이라 교실에 앉아
국어 2학년 시험공부 하는데
교무실에선 시험감독 들어가란다
시험은 봐야 하는데

정답지 어딨냐고 선생으로 묻고
한 장을 몰래 주머니에 넣고는
시험지 들고 교실로 들어간다

시험지를 나눠주고
나도 자리에서 시험을 치니
무감독 시험이라고 학생들은 컨닝하고
난 다른 아이들 볼까봐 두리번거리며
주머니 속 답지만 만지작거린다

교장 선생님 순시 중에
이 반은 감독 없다 야단이시고
난 그만 자리에서 벌떡 일어나다
잠이 깼다

시험 문제지

문제 1. [도덕]
　　학교를 떠나도
　　가슴에 남아 불빛 될
　　선생님의 가르침을
　　한 문장으로 쓰시오
　　(　　　　　)

문제 2. [철학]
　　학교에서
　　국어시간에나
　　수학시간에나
　　영어시간에나
　　배우는 공통점은
　　(　　　　　)

문제 3. [국어]
　　입학 후
　　선생님들께

지금까지 받은

사랑을 헤아려

한 편 시로 쓰시오

(   )

문제 4. [수학]

선생님이 말한 수자를 분모로

학생들이 받아들인 수자를 분자로 하여

분수로 나타내시오

(   )

문제 5. [외국어 논술]

우리가 왜 사는지

어떻게 살아야 하는지

훌륭한 사람의 근거를 들어

외국인을 설득하시오

(   )

정답 : 별들에게 물어봐!

감독을 하며(1)

― 중간고사

밖엔
봄꽃이 화사이 피고
날씨는 저마다 술렁이는데
교실에선 아이들이 시험을 친다

책상을 돌려놓고
낯선 반 낯선 자리에서
한숨 쉬어가며 시험을 친다

아이들은 말이 없고
나도 할 말을 잃었다
아마 가장 말없는 시간일 게다

이 시간 내 귀는 조용하나
가슴 속에 울렁이는 말들이
뇌와 심장을 오가느라 뒷목이 굳는다

얼마 전 신문에
성적이 부진하다는 이유로
옥상에서 투신한 모 여중생이
다시 살아와 여기 앉아 있다

낯선 얼굴로 문득 만나
진실의 대화 한 번 나누지 못한 채
숫자와의 만남이 시작되는 시간에
아이들의 얼굴은 한결같이 불그레해서
금방이라도 울어버릴 것만 같다

감독을 하며(2)

— 학년말 고사

내 그대들 행복하라고
책상마다 시험지를 나눠주노니
이로 하여 불행을 만들지 말고
부디 행복 꿈꾸기를 바라노라

시험지를 나눠주고
부딪는 시선마다 의심이 빚어질까
창밖으로 스쳐 지나가는 여울에
지난 날 만남을 가슴 속에 담는다

답안지를 받아 펼치고는
무지개색 볼펜으로 쓰여지는
우리 만난 지난 날의 추억은
사랑 행복 희망 아쉬움 그리움

한 학년을 마감하며, 너흰
지식의 양을 수치로 표시하고

난 무릎 굽혀 교탁에 기대어
너희와 나눈 사랑의 양을 잰다

선생님과의 의심 접어두고
믿음 소망만 가득한 교실에서
투명한 꿈빛으로 펼쳐지는
너희 미래 행복을 기원한다

채점을 하며

청소년의 달 오월
푸르름이 짙어가는 오후에
중간고사를 끝낸 너희가 돌아가면
너희가 남긴 답안지를 채점한다

새 학기가 시작되고
3개월의 노력과 정열이
손바닥만한 답안지에 채여오는데
그리도 애써 가르치고 강조했던 문제가
아무런 느낌도 없이 틀려져 올 때
씁쓸한 깃발이 가슴 속에 펄럭인다

답안지를 대하며
너희 얼굴을 떠올리면
너희와 함께 나눈 사랑과 인격이
진한 아카시아향으로 묻어 나오는데…

청소 봉사할 사람 남아달라면
학원가야 한다며 줄달음친 아이들은
자랑스런 90점을 받고 칭찬을 받고
부끄러운 듯 남아 청소하고 문단속하던
말없는 아이들은 50점도 못 받는다

너희를 가르치는 난
너희 가진 수동적 지식을 채점하여
창백한 점수란에 45점을 써 넣으며
그것이 내 부진했던 노력의 점수인지
네 강렬한 자유 의지로의 일탈 점수인지

너희와 함께 나눈 진실과 사랑을
인격으로 대우하여 점수로 기록할 곳에
얇팍한 지식과 요령을 점수로 환산하여
인격으로 대우하는 건 아닌지 모르겠구나

성적표 가정통신문 (1)

○○이는
착하고 예의가 바른 아이

교실에 있는 듯 없는 듯
베시시 웃는 모습인 아이

과학에 관심이 많아
도전하고 상을 타는 아이

먼 산을 오르듯
부족한 성적 끌어올리고

퍼즐 조각 맞추듯
자신의 꿈을 찾는 아이

자신의 꿈을 향해 전진하는
조용한 불도저 같은 아이

성적표 가정통신문(2)

○○는
명랑하기가 하늘인 아이

특유의 아름다운 목소리로
아이들을 밝게 리드하는 아이

사춘기 자아 정체성 찾으려
애써 고민하는 모습이 안타까운 아이

창의성이 뛰어나고
다양한 사고를 가진 아이

남에게 귀속되는 일보다
자기만의 표현으로 맘껏 일하는 아이

더 높이 꿈꾸고
더 높이 달려나가길 기대하는 아이

성적표 가정통신문(3)

○○이는
비로소 그 눈빛 살아나는 아이
한동안 자신감 줍지 못하던 아이

아빠가 신뢰의 기둥 세우고
엄마가 학교에 예쁜 꽃 꽂으니

비로소 눈빛이 빛나고
자신의 재능에 푸른빛 감도는 아이

그 특유의 성실함 뛰어난 재능으로
정상 향해 달음박질 뛰어오를 아이

달려라 날아라 아이야
너의 정상 네 세상 펼칠 때까지

너로 하여

너로 하여 알게 하리
하늘 왜 푸른지를
바람이 어찌 불어오는지를

너로 하여 지키게 하리
대나무의 곧은 의지를
펄럭이는 깃발의 외침을

너로 하여 소유케 하리
단단한 영혼의 자유를
오랜 숙성 끝에 진미를

너로 하여 깨닫게 하리
어둠 뒤에 찬란한 빛을
폭풍 바다 너머 고요를

너로 하여 이루게 하리

어깨동무 맑은 세상을
백발 하이얀 웃음을

오!
이 모든 것들을
나의 온 생명으로
너희에게 가득차게 하리

제2부
너희들만이 희망이다

호수

아이들이 도란거리는
교실을 가만히 들여다보라

푸른 물결 일렁이는 동그란 호수
고여 있지 말라고 그 위에 부는 바람
교실은 그대로가 고요한 호수

물고기들 물살 따라 춤추듯 오가고
얕은 곳곳 속이 훤히 들여다보이는
깊은 곳곳 어디에 바다 향한 꿈 있으니

호숫가 들여다보는 사람들아
뒷꿈치를 들고 가만가만 걸어라
뛰노는 물고기들 놀라지 않게

등산

매일 아침 산에 오른다
등산복 차림에 배낭을 메고
신선한 기운 도는 산에 오른다

산에는 산에는
소나무 같은 아이들
참나무 같은 아이들
아카시아 같은 아이들

아이들이 우거진 산에는
산새들이 즐겁게 지저귀고
바람이 산들산들 춤추고

나무 하나 어루만질 때마다
가슴 속에 벅차오는 설레임
'산에 오르길 잘했구나'

때론 미끌어져 내리고
돌부리에 넘어질지라도
언제나 정상을 오른다

소나기 오는 날에

소나기 오는 날에
아이들과 선생님은
빗속에서 춤을 춘다

선생님은 모를 심듯
바지를 걷어 부치고
이리저리 뛰어다니고

아이들은 빨래를 하듯
치마를 걷어 올리고
젖은 땅 맨발로 밟는다

하늘의 축복이
온 교정에 가득 내리면
풀나무는 저마다 박수치고

소나기 오는 날에

아이들과 선생님은
빗속에서 춤을 춘다

교무실에서

주번도 아니면서 혼자 남은
교무실은 너무나 행복하다

교사는 말단도 아니라서
이유없이 박탈당한 자유도 없건만
서 있어도 누운 듯이 편안하다

아이들은 저마다 짝발을 맞추었고
선생님들의 쓸쓸한 뒷모습을 보며
얼마 안 된 햇병아리 교사인 내가
교무실의 주인으로 교정을 돌아본다

밖엔
신록을 재촉하는 소록비가 내리고
열려진 창틈에선 바람소리가 들린다

쌀쌀한 기운이 온몸을 감싸기에

커피 한 잔 진하게 타서 마시면
따뜻한 그 아이의 얼굴이 잔 속에 흐른다

오늘 아침
부끄럽게 주고 간 선물
삐에로 포장을 조심스레 뜯으니
구슬처럼 부서진 강냉이가 우르르
구수한 내 유년의 추억을 몰고 나온다

스승의 날에

교실문 열면
환하게 활짝 핀 꽃
너희들의 향기였어라

색깔마다 화려한
빠알간 꽃
노오란 꽃
얼굴마다 활짝 피었어라

미처 뿌리지 못한
미처 가꾸지 못한
씨앗 자라 꽃 피웠어라

한 잎
한 송이 마음 모여
한아름 꽃다발이 되었어라

너희들 속에서
화려하게 빛나는 우리
언제나 스승의 날이었어라

선생님

선생님!
선생님이 뭐예요?
너는 뭐라 생각하니
질문에 되물었다

변호사 같아요
우릴 변론해 주시잖아요
때론 검사가 된단다
법관도 되고

공무원 같아요
업무가 많으시잖아요
때론 청소부가 된단다
카운슬러도 되고

연예인 같아요
때론 노래도 부르잖아요

칠판 가득 너희 꿈 그리는
화가도 된단다

학원 강사 같아요
많은 것 가르쳐 주시잖아요
지식만 가득 가르치기보단
지혜까지 깨우치려 한단다

만능 엔터테이너예요
뭐든지 잘하시잖아요
너희 앞에 다 해야 하지만
제대로 하는 것은 없단다

세상 직업 반죽하여
하나의 직업으로 빚으라면
비로소 만들어지는 작품 하나
그것이 선생님이란다

사랑 편지

내가 부끄런 나를 보듯
거울같이 펼쳐지는 투명함이
아이들 손에서 하나하나
낙엽처럼 떨어진 편지

더러는 책상 속에
더러는 교무 수첩에
더러는 가방 속에 넣고
만나는 사람마다 보이고
외로울 때 문득 꺼내보곤 했다

하나둘 우표도 없이
모여지기 시작한 편지가
어느 새 책상도 넘치고
수첩도 가방도 넘쳐서
일주일에 한 번 두 번
집으로 날라 왔는데

내 좁은 하숙방
여기저기 사랑 편지로
자유의 땅이 줄어들고
이젠 발도 못 뻗는다

즐겨 편지 받는 난
사랑 받는 기쁨도 잠시
소중한 마음 버려야 하나
내 자유의 땅 좁혀야 하나
수수께끼 같은 갈등 앞에
편지 받는 진실 외면당한다

울고 있는 아이들

교실에서
운동장에서
교무실에서
아이들이 울고 있다

외로운 아이
넘어진 아이
그리운 아이
집에서 혼난 아이

어둠 속에서
추위 속에서
두려움에 떠는 아이
아이들이 울고 있다

1번 아이도 울고
2번 아이도 울고

3번 아이도 울고
35번 아이까지 울고 있다

작은 사랑에도 웃을
작은 배려에도 웃을
작은 미소에도 웃을
작은 기도에도 웃을 아이들

학교 교정 곳곳
아이들이 춤추면서도
아이들이 노래 부르면서도
시시때때로 울고 있다

산

너희는 큰 산이다
강물 앞에 우뚝 솟은 산

우린 늘 흘러가지만
너희 언제나 든든히 서서
떠나온 고향을 지키고
나라를 이루는 산

나무를 덮어
푸르고 푸른 나무산
보석을 품어
귀하고 귀한 보석산

낮으면 낮은 대로
높으면 높은 대로
어깨동무 어우러지는 산

강물은 흐르고 흘러
높은 산에서 낮은 산으로
온 땅 더듬으며 바다로 간다
너희 산들을 믿어 바다로 간다

맘껏 세상

그래 맘껏 먹어라
맘껏 소리 질러라
맘껏 뛰어 보거라

친구들과 도란도란
밤샘 이야기도 나누고
한 담요로 영화도 보고

과자 음료도 먹고
시간 가는 줄 모르고
이야기보따리 풀거라

선생님은 그저
너희들이 맘껏 뛰며 놀
어울릴 터전 만드는 것뿐

엄마 아빠 없이

삼층밥도 맛있다고
반찬 투정 안 하는 너희

밤샘 야영하며
스스로 일어서는 너희들아
맘껏 먹고 맘껏 크거라

선생 자격

내가 널 아니
너의 아픔 아니
네 깊은 눈빛
네 그리움 내가 아니

너는 늘 세상에
부딪치고 넘어지니
내가 널 일으켰니
내가 널 깨우쳤니

네가 달리고 싶을 때
맘껏 달리도록 도왔니
네가 춤추고 싶을 때
맘껏 춤추도록 도왔니

행여 너의 자유
교실에다 구속하고

설마 너의 공부
강요하진 않았니

너희 해바라기 웃음
너희 우뢰 같은 박수
맘껏 받을 수 없다면
난 선생 자격 없어

애들아 우리

애들아 우리
새순 솟으면 대지를 찬양하자
뒹굴러도 포근한 가슴
파릇한 새순을 피어낸 그 모습
즐겁게 찬양하자

애들아 우리
세상 푸르면 태양을 우러르자
어느 하나 세세한 눈길
뜨거운 마음 쏟으신 그 모습
겸허히 우러르자

애들아 우리
낙엽지면 나무를 노래하자
일 년 내내 불평 없는 손길
풍성한 열매 맺어준 모습
감사히 노래하자

애들아 우리
첫눈 내리면 하늘을 달려보자
세상 가득 포근히 덮는 발길
새하얀 평화 베푸는 모습
신나게 달려보자

그림 그리기

아침 출근길에
큰 붓을 하나 주웠다

밤새 화가 지망생이
아름다운 세상을 그리려다
지쳐 떨어뜨린 붓 하나
무슨 그림을 그려야 하나

먼저 투명 물감 꺼내
공해로 찌든 하늘을 칠했다
햇빛이 보석처럼 반짝였다

지하철 찡그린 사람들에게
핑크빛 미소를 그렸다
모두가 반갑게 인사한다

교무실에선 선생님들에게

초록빛 행복을 듬뿍 칠했다
선생님들이 새싹처럼 피어올랐다

교실에서 아이들에겐
하양색 순수의 도화지에
노랑색 희망과
빨강색 열정과
파랑색 겸손을
마구마구 칠했다

― 서울교육소식 2009년 8월

아이들

아이들은
그대로가 금쪽 텃밭

인사를 심으면
열 배의 인사가 자라고
사랑을 심으면
백 배의 사랑이 열리는

노래의 씨 뿌리면
아름다운 성악가로 자라고
웃음을 던져 주면
웃음꾼 되어 찾아온다

거름을 주지 않아도
물을 뿌리지 않아도
언제나 풍성한 계절

그대로가 금쪽 텃밭인
아이들

                    ― 서울교육소식 2008년 5월

빛의 날개로 솟구쳐라

겨우내 앙상한 가지
저마다 재주로 잎 틔우고
제 나름 모양으로 꽃 피우면
세상은 온통 아름다움에 젖노니

하늘에 오르면
맑고 투명한 하늘 되고
푸르게 출렁이는 바다 되는
미래의 주인공 대한의 학생아

세상은 고요하게 용솟음치듯
역사의 물결 타고 춤추는 이상
웅비하는 젊음의 자유로
온 세상을 노래하라 외쳐라

낮엔 태양의 정열로 약동하고
밤엔 별빛의 소망으로 정진하며

하루하루 꽃피우는 너희들아
고진감래의 영광을 맛보거라

땅에서 바보 독수리도
하늘대왕으로 비상하듯
움추렸던 가슴 당당히 열고
빛의 날개로 솟구쳐라

— 서울학생 동아리한마당 축시

너희들만이 희망이다

메마른 교단 언덕
마른 안개 마시는
우리 선생들에겐
너희들만이 희망이다

책상 걸상 교실에
너흴 심어 가꾸는
풍년 가득 농부의 꿈
만선 가득 어부의 꿈

비록 땅은 척박하나
우린 작은 씨 뿌리고
비록 바다에 태풍 부나
우린 작은 그물 던진다네

목마름이 너희 거름되고
흔들림이 너희 생명되어

밤새워 아무도 모르게
큰 열매로 자라는 너희

너희 맺은 열매
한 가마니 들어올리는
한 그물 가득 끌어당기는
그 기쁨으로 살아간단다

메마른 교단 언덕
사위어 가는 몸짓
우리 선생들에겐
너희들만이 희망이다

너희들 세상

너희 꿈은
봄볕 바람에
초록빛 새싹처럼
싱그럽게

너희 이상은
푸른 하늘에
하이얀 양떼구름처럼
원대하게

너희 목표는
은은한 안개 속
우뚝 솟은 고봉처럼
준엄하게

너희 마음은
한 여름 태양

파도치는 바다처럼
드넓게

세상은 온통
그런 너희들 세상

같은 사랑 다른 꽃

햇빛은
봄언덕에 똑같이 쏟아지고
빗물은
봄언덕에 똑같이 내려도

봄언덕에는
개나리가 피고
진달래가 피고
새싹이 자라고

받는 것은 같아도
자라고 피우는 것은 다르니
세상이 아름다운 것은
같음 속에 다름이더라

너희도
선생님들의 같은 사랑으로
저마다 다른 꽃 피우거라

우리 반에서 만나는 동안

우리 반에서 만나는 동안
세상 밝힐 꽃을 피우자

개나리 진달래도 피우고
살구꽃 장미꽃도 피우고
국화꽃 코스모스도 피우고
동백꽃 매화꽃도 피우자

1번 우진이가 개나리 되고
2번 진원이가 진달래 되고
3번 가영이가 민들레 되어
36번 채은이가 동백꽃 되기까지

서로서로에게 물 주면서
서로서로에게 기도하면서
지지 않는 선인장꽃도 피우고
더디 피는 대나무꽃도 피우자

우리 반에서 만나는 동안
세상 밝힐 꽃을 피우자

배화의 선구자

고간동 고개나무골
궁궐 속 아름다움 꿈꾸며
배화의 하늘이 처음 열리던 날
난 그 곳에 나가 보았네

구한말
역사의 풍운이 스러질 때
여성 교육의 횃불 들어
필운대 언덕에 꽃밭 가꾸었으니
그 이름은 조세핀 필 캠벨

남의 나라
낯선 민족
올바르게 깨우쳐
세계의 중심 밝은 빛 되라시며
그의 영혼을 곳곳에 심었네

내가 아는 위대한 이들의
장엄한 호흡이 그러했듯이
그도 스스로 평안함을 구하지 않아
애써 땀흘리며 작은 불씨 하나 되었네

하나님 주신 말씀으로
하찮은 땅엣것을 구하지 않고
오직 하늘의 것 포기포기 내려 심어
마침내 빛나는 삶을 오늘에야 찾았네

내 사는 동안
작은 소명 하나 있다면
선인들의 높은 뜻 오늘에 이어
환한 웃음의 꽃밭 가꾸려 한다네

— 배화학원 100주년 기념시(1998)

제3부
더 높은 비상을 위해

인솔

너희를 인솔하면
난 자유가 뭔지 알 것 같애

사람들은 너희더러
두 줄로 딱딱 맞춰 걸으라고
보기 좋고 안전한 질서를 가르치라지만

셋 씩 다섯 씩
못다한 이야기 왁자한 웃음 머금으며
아무렇듯 마음껏 걷는 너희들의 눈빛이
문득 내게 부딪침은 속일 수 없어

그건 마치 이른 봄볕
어미닭 좇는 햇병아리 같애
자유의 너희들은

외침

― 6·25 유적지를 견학하며

태양도 쉬어가는
한여름 정오의 열풍이
전차의 포끝을 녹였다

그리도
처절했던 칠월

바람이 잠잠한 이 날
다 썩어진 전차에서
붉은 핏무늬를 보았다

불현듯
그 곳에서 들려오는
무명 용사의 외침
"탱크를 잡아라"

한 개의 수류탄이

죽음의 화신인 양 끌어안고
떨어지던 그 날의 젊음들
그 날의 영혼들

나는 눈을 감고
하늘에 둥근원을 그렸다

묵비默碑

— 남한산성비를 찾아서

조용한 아침의 나라
꼬레의 심장부를 지키는
너의 깨어 달아진 표상은
모진 풍파 이겨내어
이제라도 한숨 몰아쉬고픈

삼천리 대리석을 모아다가
망치가 달아지도록 깨고
끝끝이 보이도록 쪼이여
인정이 무디고 차가워지도록
어느 석공에 의해 다듬어진

조각이 튀어 매달리고
갈라진 틈 정열로 채워
하늘이라 우뚝 솟은 그 기상
정녕 거룩하거늘

돌이킨 병자년의 치욕은
누가 있어 씻을 수 있단 말인가

체육대회(1)

— 100M 결승

출발에서 결승까지
우리의 삶은 언제나 그러했지

너희가 아득히 멀리
각자의 모습으로 출발을 준비하면

너의 최종 목표는 언제나 나
가여운 눈빛으로 바라보았지

난 너를 기쁨으로 맞기 위해
설레이는 모습으로 기다려

출발을 알리는 종소리가
드높다는 가을 하늘 찌르면

다소곳한 너의 온몸은
강렬한 힘이 솟구쳐 올랐지

빨리 달려야 해
결승의 난 다 사랑할 수 없어

수십 수백이 달려와도
너를 향한 내 사랑엔 2등은 없어

체육 대회(2)

— 이어달리기

이어달리기만큼 우리를
달리게 할 수 있을까

어서 달려오라고
어서 달려가라고

앞서고 뒤서고
물러섬 없는 치열한 경쟁

여름은 그만 쉬고
가을이 달려 보라고

폭포처럼 눈발치는
강인한 겨울을 향해

돌아보지 말라고
앞으로만 달리라고

가슴으로 승부하는
너와 나의 간절한 바램

체력검사(1)

— 100m 출발

오늘 따라
아득히 먼 결승선을 바라보며
100m 출발선에 발을 디디고
절대의 시간과 싸우는 너희는
긴장과 초조함으로 땀을 쥔다

가을을 몰고 오던 바람도
숨을 멈추는 출발의 순간
지평의 끝으로 끝없이 늘어선
두 개의 평행선이 한 점 되고
그 곳에 시선이 멈춘다

현실의 땅에서
꿈의 푸른 하늘 끝으로
독수리처럼 힘차게 용솟음칠
나의 깃발을 기다리는데

출발을 알리는 나의 깃발은
수전증 걸린 환자처럼 떨리고
힘차게 달리고픈 욕망과
멈춤의 뇌신경이 곤두박질치는
절대 절명의 순간!

준비를 알리는 결승선에서
출발하라는 수신호가 보이면
아이들은 두 주먹 더욱 불끈 쥐고
깃발 쥔 내 손에 솟구치는 새 힘

순간 새 세상이 열리고
아가의 힘찬 첫 울음처럼
순간순간을 영원으로 잇는
16초의 새 삶을 본다

체력검사(2)

― 던지기

동그란 원안에 중심은 나
스잔한 내 한 몸 바로 세우고
먼 하늘에 떠있는 구름을 본다

원시의 헤라클라스의 힘과
도전의 이카루스의 날개로
태양을 향해 끊임없이 솟는 꿈

하나의 욕망은
조그만 돌에서 수류탄으로
수류탄에서 위대한 원자탄으로
부풀어 자꾸만 터져 오르는데

동그란 상징 한가운데
내 엄지의 지문을 찍고는
내 가고파 갈 수 없는 나라
내 누릴 수 없는 자유 향해

허공으로 몸부림치는 내 그리움

언제나처럼 살아온
내 삶의 목표
더 멀리 —
더 높이 —

약속 하나

학년초
집단 상담 시간
전교 1등 하는 아이를
여러 아이들과 상담했다

공부 잘해서
무엇이 되고 싶냐는 말에
키가 작고 부끄럼 타는 그 아이는
파일럿이 되겠다고 했다

파일럿이 되면
선생님을 태워주겠냐는 우문에
베시시 웃으며 '예' 라 대답했다

공짜로 타는 건 싫다
그 때 가서 후회하지 말고
얼마면 태워주겠냐 물으니

10만원이라 대답했다

난, 아이들 보는 앞에서
새끼손가락 약속을 하고
엄지손가락 도장을 찍고
손바닥 복사까지 하며
추억록에 들어갈 교무 수첩에
송○○ : 파일럿(10만원 여행)
이라 적으며 기뻤다

약속 둘

학년초
집단 상담 시간
유난히 일어 잘하는 아이가
번역사가 되고 싶다 한다

우리나라에
노벨 문학상이 없는 이유는
훌륭한 작가가 없는 것이 아니라
뛰어난 번역사가 없는 탓이라며
그 아이의 꿈에 기대를 걸었다

번역사가 되면
내 시를 번역해주겠냐는 질문에
공짜로는 안 된다고 했다

얼마면 해줄 수 있냐 물으니
특별히 봐줘서 1편당 만원이란다

10년 후 물가 오르면
후회하지 말고 더 받으라니까
그 때엔 2만원이면 충분하단다

대신 넌
최고 번역사가 될 수 있나
너에게 부탁해도 실망시키지 않겠나
내 물음에 쾌히 대답하는 그의 눈빛은
이미 20년을 내다보고 있었다

난, 아이들 보는 앞에서
새끼손가락 약속을 하고
엄지손가락 도장을 찍고
손바닥 복사까지 하며
추억록에 들어갈 교무 수첩에
안○○ : 번역사(1편당 2만원)
이라 적으며 기뻤다

국어 시간에

― 회가 동했다

그 때는
그러했단다

각 반 종례 시간에
채변 봉투 나눠주면
다음 날 아침 받아서
성냥불로 지져서
밥풀로 붙여서
선생님께 갖다내면
왜 그리 부끄러웠던지

며칠 후
종례 시간 선생님
흰 약 봉투 들고
한 알씩 두 알씩
나눠주시던 회충약

주번은 주전자 컵 들고
입 속 혓바닥 바라보시며
내일 아침 몇 마리 잡았나
적어 오라시던 그 말씀

밤새
헛구역질 해가며
더러는 토하기도 하고
더러는 앉아 신문지 아래
비실거리던 회충의 무리

뱃속에 회충 가득 담고
살았던 그 때는
먹을 것만 봐도
회가 동했단다

봉사 활동

우리도
학교 다닐 때
봉사활동 했었지

여름 방학이면
아카시아 잎 깨끗이 따서
마른 햇볕에 곱게 말려
비료푸대 하나 가득 학교에 냈지

아이들 가져온
뽀송한 아카시아 잎
닭 키우는 농가에 보내져
사료 대신 먹였지

가을 쯤엔
퇴비를 한다며
온갖 풀을 베러 다녔고

추수 후엔 이삭줍기도 했지

겨울엔
솔방울도 따서
조개탄 난로 활활 피웠고
이화명충 애벌레도 잡았지

매월 25일엔
범국민 쥐잡기의 날로
징글징글 쥐를 잡아
쥐꼬리도 학교에 냈었다지

군사부일체

안방에
엄마아빠 방에
자식들이 거울 들이대자네
거울에 비친
희멀건 엄마 아빠 얼굴 보면
자식들은 존경할까나

청와대
임금님 집무실에
백성들이 거울 들이대자네
거울에 비친
희멀건 임금님 얼굴 보면
백성들은 존경할까나

교실에
수업하는 교실에
학부모들이 거울 들이대자네

거울에 비친
희멀건 선생님 얼굴 보면
학부모들은 존경할까나

군사부일체
같은 처지 엄마아빠가
같은 처지 임금님이
같은 처지 선생님을
거울로 비치려 하네

뉴스(1)

— 원하는 대로 복학시키라

어제 TV 뉴스에
학교에서 비롯된 폭력이
아이들을 자살로 몰아넣는다는 말에
학교는 폭력의 소굴이 되었다

어쩌다
학교에서도 감당할 수 없는
아이들이 자퇴하고 물러가도
'원하는 대로 복학시키라' 하여
아이들에게 선처를 베풀면서
모든 문제를 학교로 끌어 들였다

옛날에도 학교에서는
아이들이 원하면 복학을 시켜
훌륭히 졸업시킨 아이도 많지만
이번엔 조금 달랐다

폭력에 가담한 복학생들은
학교로 폭력을 끌어들였고
술집을 드나들던 복학생들은
아이들을 술집으로 데려갔다

교육의 주체는 학생이고
그 학생을 가르치는 건
언제나 교사와 학교였지만
이번엔 조금 달랐다

뉴 스(2)

       — 입시 제도 개혁

어제 TV 뉴스에
대학 입시에 내신 성적 반영에
특목고 일반고 적용을 같게 한다고 했다

고교 평준화 교육으로
젊은이들의 수학 능력이 떨어져
한국을 이끌어갈 영재 교육을
목적으로 한 외국어고 과학고는
이제 선망의 대상이 아니었다

용의 꼬리보다 뱀의 머리가 낫다고
일반고에서 내신 올려 대학 가기 위해
수만 명의 학생들이 전학한단다

개혁의 줏대 없는 정책은
꿈과 목표를 키울 아이들 가슴에
갈등과 방황의 멍울음 새기며

그렇게 떠나게만 했다

백년대계 교육 개혁은
일 년 앞 입시도 내다보지 못하고
아이들 학부모 선생님들은 저마다
입시 그물에 걸려 파닥이고 있구나

뉴스(3)

— 망원경

하늘나라 별을 보던
아주 커다란 망원경

하늘도 못 보고
바다도 못 보고

경제도 못 보고
복지도 못 보고

쓸데없이 하릴없이
교실에만 들이미네

현안이 태산 같은데
백년지계 미래만 보니

얼마나 장하신가
우리 동네 어르신들

하숙집 아줌마

시장기가 온몸 추수리는 저녁
모든 유혹 뿌리치고 집에 오면
웃음 상량하여 더 친절한 아줌마
큰절하시듯 밥상 놓으신다

동글동글 영근 밥상을 보면
보글보글 사랑이 듬뿍 끓고
인정도 가지런히 놓여 있네

빨리 청산하겠다 떵떵거리나
아줌마 밥상같은 연인 없어
하루하루 세월만 무심히 흐르네

아이들 가르치느라 애쓰셨다며
장모 사위 대하듯 언제나 조심조심
다른 하숙생보다 물심 신경 쓰시는
아줌마도 역시 숨겨 일하는 교육자

청소 아줌마의 辯

— 양심 찾기

학교의 구석구석
선생님이 보지 못한
아이들 숨겨 놓은 양심 찾아
매일 아침 떠나는 나만의 여행

내 어릴 적
소풍 때 보물찾기처럼
돌 틈 나무 위 보일 듯 말 듯
주울까 말까 망설임 없이
비를 들고 바삭바삭 쓸어낸다

미래의 주인공 너희 이끌어갈
아름다운 민주국가 소망한 난
줍고 쓸고 닦는 일로 너희 만나
가까이 다가설 수 없음이 안타까워

참 침묵 참 봉사만이

너희 소망 민주국가 이룩된다고
숨기지 않는 떳떳한 양심의 나라라고
내 삶의 진실 너희에게 말하고파

학교 아저씨의 辯

— 책상을 깎으며

야외 화장실 옆 등나무 아래
매일 낡고 험해진 책걸상
깎아내고 두드려 박아
반들반들 새하얀 책상이 되기까지
하루 종일 햇볕을 받아도 좋다
하루 종일 먼지를 마셔도 좋다

너희의 보이지 않는 욕구
가슴으로 죽이며 새겨놓은
잠재적 본능의 흔적 곳곳을
치료하듯 말끔히 지우는 우리도
진정으로 너희를 사랑한단다

너희와 함께 나눔에
보여져 드러나는 자랑스러움보다
보이지 않는 숨겨진 공로가
교정 구석구석에서 우릴 기다리고
그 때마다 반겨 일하는 우리도
숨겨 일하는 교육자란다

제4부
가시에 찔린 정원사

나무

척박한 이 땅에
가녀린 생명 안고
하늘 향해 던지는
내 인생의 물음표

한 · 잎
한 · 잎

잎에서 가지 나고
가지에서 뿌리 내려
오르고 뻗어 오를수록
미로 같은 인생

풀어야할 숙제는
갈수록 자라는데
돌아본 세월 속에
우뚝 선 내 모습은
거대한 '느낌표' 였구나

가시에 찔린 정원사

정원사는
꽃을 사랑했네

온실에서 자란
이런 저런 모종
교정 가득 심었네

3월 옮겨 시든 모종에
물 주고 바람 막아 주었네

따스한 햇살 바람 아래
꽃은 제 모습 따라 피었네

어떤 모종은 민들레
어떤 모종은 개나리

봄에 피는 꽃

여름 가을에 피는 꽃

노오란 개망초도 예뻤고
수수한 들국화도 아름다웠네

예쁜 장미는 가시 지녔네
그 가시에 찔려도 물을 주었네

정원사는 가시 찔려도
물을 가득 뿌리네

가지치기

— 체벌 전면 금지

나무 키워 봤니
제 멋대로 자란 나무가
풍성한 열매 맺는 것 봤니

나도 때론
가지치기 하면서
어느 가지 잘라야 할지
가늠하며 망설일 때 있지만

분명히 아닌 곁가지는
잘라야 한다는 것을
오랜 경험으로 알 수 있지

성미 급한 주인이거나
간섭하기 좋아하는 손님은
이 가지 저 가지 쳐내라
손 대지 말고 그대로 둬라

아름다운 정원 가꾸려거든
풍성한 열매 맺으려거든
그대 솟는 욕심 접어
정원사에게 맡기어라

X세대(1)

우리에겐
내일이 없다
미래도 없다
오늘 속에 나뿐

우리에게
강요하지 말아요
개성 존중해 주세요
공부하기 싫어요

집도 싫고
학교도 싫고
어른들이 싫어요

짜증나는 집
감옥같은 학교
우리에게 자유를 주세요

나만의 개성으로
연예인도 되고 싶고
만능 엔터테이너도 되어
우리만의 행복한 세상
열어 갈래요

X세대(2)

― 선생님의 말

언제나 그러했지
세기말의 세상은
그러기에 너희는
불행한 세대

어른들 저마다
부르는 종말의 노래
들뜬 분위기 속에서
너희도 따라했지

그러나 나는 아네
새 천년 맞기 위한
마지막 고통인 것을

거대한 밀레니엄 버그
성큼성큼 밀려와
너희 가슴 물면

비로소 너희는
그 아픔의 성숙으로
새 천년 열어가리라
새 세상 이루리라

세대 차이

교무실에서
신임 교사의 새로움 인정치 않는
모든 일에 주관자이며 만능이신
위엄과 권위의 교장 선생님과
요즘 유행하는 노래방엘 갔다

노래방 좁은 구석
빵빠레 울려대는 평교사들 노래
묵묵히 바라보시는 교장 선생님
따뜻하신 눈빛으로 격려하셨다

순번의 차례가 되자
음정과 박자가 점수로 평가되는
권위도 인정도 없는 기계 앞에서
못하신다 사양으로 권위 지키시는데

들어보시지도 못한 말 빠른 노래가

소나기처럼 마구 울려 퍼지자
요즘 유행하는 신세대 노래는
도무지 따라할 수 없다며
세대 차이 인정하신다

편애(1)

선생님도
아이들 편애하시나요

아이들이
내게 그런 말을 던지면
난 주저없이 말한다
편애하노라고

누구나
다 똑같이 대하면
그게 무슨 가르침인가

사랑이 더 필요한 학생
관심이 더 필요한 학생
더 베풀고 사랑하는 게
참다운 스승이지

편애(2)

태어나면서
선생이 되면서
운명처럼 내게
빚진 아이들이 있다

나의 작은
가슴 하나 믿고
마음대로 잘못하고
용서 기다리는 아이

잘못 저질러서
남들보다 두 배 세 배
사랑을 더 받고서야
비로소 배우는 아이

그들을 누구보다
더 깊이 사랑해야

풀어지는 인연

남들은 그것을
편애라 하지

편애(3)

40명 한 반에
담임이 되어보면

악연을 쌓았거나
선연을 쌓은 아이들이
내 앞에 앉아 있다

주는 거 없이
예쁜 아이
주는 거 없이
미운 아이

마음 가는 대로
사랑 쏟다보면
어느 새 내게 붙는 말
"편애"

훈계(1)

희생과 봉사의 대청소 시간
우리반 아이가 옆반 아이와 싸운다
복도청소의 경계를 놓고

우리반 아이에게 훈계를 했다
"나누려 하지 말고 합치려 하라"고
"양보와 사랑으로 청소하라"고

옆반 아이가 이겼다는 듯이
"거봐 네가 양보해서 여기까지 해"
그 아이의 욕심은 자기 앞에 이르고
내 뜻은 그게 아니었다
"야! 이 녀석아 그게 아니야"

갑자기 다른 아이가 뒤에서 말했다
"선생님, 야 이 녀석이 뭐예요"
"국어 선생님이 어휘선택도 못해요"

당돌하게 말하는 그 아이 앞에서
난, 아무 말도 못하고 고개를 숙였다

훈계(2)

수업시간에 한 아이가
그림을 그리고 있었다

"김 ○○! 너 뭐하니?"
"아무 짓도 안 했어요"

발뺌하는 그 아이가 얄미워
다가가 책 밑에 그림을 가리키며
"그림을 그리고 있었잖아!"
"아니에요 글씨 쓰고 있었어요"
같은 색 볼펜으로 쓰여진
I LOVE ○○!

"뒤로 나가 손들고 있어"
"못 나가요! 이유를 밝히세요"
"수업시간에 낙서를 하니까 그렇지"
"선생님은 수업시간에 농담도 하시잖아요"

당돌하게 말하는 그 아이 앞에서
난, 아무 말도 못하고 고개를 숙였다

훈계(3)

하나님을 대하는 성스러운 시간
잡스런 이야기도 못다한 숙제도
모두 멈추고 기도하는 예배 시간에
한 아이가 숙제를 하고 있었다

아침 자율학습과는 달리
다가가 훈계도 못하고 참고 있는데
유독 불만스런 그 아이는 어쩐 일인지
기도하거나 찬송가를 부르지도 않았다

큰 소리로 부를 수 없어 다가가
살포시 눈치로 훈계를 하니까
오히려 날 앙증맞게 째려 본다

"숙제 집어넣고 예배 드려야지"
"난 교회 안 다녀요 숙제가 급해요"
그 아이의 부끄럼 없는 대답으로

기도하던 아이들이 뒤돌아 본다

당황하지 않고 조용히 말했다
"예배시간엔 예배를 드려야지"
"종교에 자유가 있잖아요!"

당돌하게 말하는 그 아이 앞에서
난, 아무 말도 못하고 고개를 숙였다

순시(1)

행여 들킬세라
조심조심 뒷꿈치를 들고
복도 바닥 살금살금 걷는
도둑 같은 마음

여기를 들여다 볼까
저들은 무엇을 할까
쏟아지는 웃음 따라
마음은 조여오는데

지나치기 수상하면
왠지 발걸음이 멈칫멈칫
신발이 벗겨진 척 할까
창문을 여는 척 할까

행여 들킬세라
조심조심 뒷꿈치를 들고
복도 바닥 살금살금 걷는
도둑 같은 마음

순시(2)

행여 들킬세라
농담 조금 웃음 조금
조심조심 수업하는
죄인 같은 마음

이제쯤 오실까
지금은 무엇을 하실까
흘러가는 시간 따라
마음은 조여오는데

분위기가 늘어지면
왠지 말소리는 멈칫멈칫
농담 조금 던져볼까
창밖 살짝 내다볼까

행여 들킬세라
농담 조금 웃음 조금
조심조심 수업하는
죄인 같은 마음

텔레비전

수업 중에
비디오를 틀었다

그리도 떠들던 아이들이
그리도 졸던 아이들이
눈 하나 깜짝 않고
텔레비전을 본다

아이들의 시선이
이렇게 집중된 수업은
처음이었다

차라리
선생이 되지 말고
텔레비전이나 될 걸

어떤 아이

방학 중에
학교에 나갔다가
우연히 어떤 아이를 만났다

"안녕하세요"
한 번도 가르치지 않은
낯선 얼굴의 반가운 인사였다

"그래 잘 지내니?"
옷차림새를 봐서도
2학년일 거라 생각했다

"선생님!
제 꿈속에서
선생님이 나타났어요"
"왜 내가
네 꿈속에 나타나니?"

놀람 반 기쁨 반이었다

"정말이에요
꿈속에서 피자까지
사주신 걸"
그 아이의 눈은
'정말' 이라는 말에서 빛났다

"선생니임~!"
더욱 다정한 목소리였다
팔장을 끼더니만
"떡볶이 사 주세요!'

아무나 나만 보면
떡볶이라도 사 달란다
'이 아이도 그 소문 들었나보다'

길거리에서
떡볶이 먹다가 들키면
학생부에 넘겨져 엉덩이 맞던
그 옛날이 떠올랐다

"애야!"
"네, 선생님!"
설렘에 들뜬 눈빛이었다
"꿈속에서 다시 보자"

복학생

수업 중에
비둘기 한 마리가
교실로 들어왔다

빨주노초
네온사인 유혹하는
황홀한 밤거리를 날다가
갈 곳이 없었는가
교실이 그리웠는가

힐끗힐끗
아이들이 눈빛을 피하던
가여운 밤비둘기는
두려움에 떨었다

사랑에 목말라
이리저리 쫓기던 그는

아이들과 선생님을 피해
또다시 날기 시작했다

함께 살아가며
더하고 나누지 못해
스스로 가두던 비둘기는
자유의 새가 되었다

퇴근길에서

― 불량배가 된 아이에게

갈잎 휘날리는 교정에서
밤이슬 내리도록
무단히도 애를 쓰며
공부하던 아이야

너의 초롱한 눈빛 모아
구슬 같은 한 마디 말로
상급학교 가겠다던 모범생이
뒷골목 어둠 찾아
주머니칼 만지작거리며
동료들 신발보던 아이야

언젠가
퇴근 골목 너를 보았을 때
아무리 똑바로 서려해도
세상이 삐뚤어진다는 아이야

결국, 삐뚤어진 세상
바로 보고 삐뚤어진 아이야
너의 두려움이 또다른 너를 낳는
비정의 현실을 바라보며
울어야 할지
웃어야 할지

방랑자

술렁거리는 졸업식장에서
목멘 너의 이름이 불려질 때
문득, 넌 다시 살아 돌아왔다

그 이름 부르고 또 불러도
아아! 그러나 넌
오래도록 그렇게 결석을 했다

지지리도 축축했던 지난 여름
습관대로 웃으며 넌 내게 말했지
"선생님! 시집 꼭 주셔야 해요"

선생님이
삶의 여울에 시달려 겨우
몇 편의 낙서같은 시詩로
마른 가슴 축이고 돌아섰을 때

아아! 그러나 넌
그 비 맞으며 요단강을 건넜지

난 널 잃고 시를 잃고
삶의 이미지를 잃은 까닭에
인생의 끝을 오가는 방랑자

그 아이(1)

언제부턴가
생일로 선물받은 바구니가 비좁다
간직하고픈 소중한 선물들이 넘친다

그 때
그 아이의 눈동자가 떠오른다
나를 바라보던 애절한 마음에
슬픔의 파문을 던지진 않았는지

난, 그저 그 애가
벌써 잊었으리라 생각하지만
좀처럼 그 아이의 투명했던
눈빛 웃음이 잊히지 않는다

내가 홀로 될 때
외로울 때
슬플 때

불현듯 떠오르는 그 아이

책상 속
비밀로 감춰둔 바구니에
그 아이가 주고간 종이 인형이
나를 보고 살짝 웃는다

그 아이(2)

하숙집 빈 방에서
고독을 즐기며 기다려 온
그리움이 내게 쏟아져 온다

날 무지무지 생각한다는 아이
준 것도 별로 없는데
감사하고 고마워하는 아이
지금까지 살아온 삶을
아름다운 추억으로 간직한 아이
자신이 선택한 것에 만족하며
그것에 열심을 다하는 아이
자신이 가끔 바보같다며
실수를 자인할 줄 아는 아이
졸업식 때 울지 않겠다는 아이
고등학교 가서도 날 잊지 않겠다는 아이
앞으로 미팅 폰팅 안 하겠다는 아이
항상 건강하고 밝은 웃음짓는

해바라기가 되길 소망하는 아이

지금도 어디선가
하이얀 보조개 띄우며 웃고 있을
그 아이를 그리워하며
교직은 또 하나의 보람인 것을
오늘 그 아이로 하여 알았다

그 아이(3)

― 편지를 받고

내게 별로 우울한 날이 없지만
혹시 우울하게 출근하더라도
너를 볼 수 있음에 즐겁다

어쩌다 놓인 그 편지
네 것임을 알기에 기쁨으로 뜯고
너의 둥근 얼굴을 떠올린다

언제나 유연한 모습
하고 싶은 말 촉촉한 눈빛 담고
열심한 모습으로 날 따르니
볼수록 어여쁘고 사랑스러워라

편지 속 글자 글자마다
가여쁜 너의 그리움 보이고
말하지 않는 소망의 말이
내겐 더 크게 들려온다

“방학 때는 답장 꼭 주세요”
넌 이미 날 이해하고, 난
네게 부끄러운 말도 채 못하고
짧은 만남 먼 졸업 속에
추억 여행은 시작되었다

그 아이(4)

7월초 —
기말 고사도 끝나고
방학을 기다리며 풀어진 아이들
힘든 수업을 마치고 교무실에 오니
요구르트 한 개 책상에 놓여 있었다

반가운 마음에 단숨에 들이키고
영문을 알자고 칠판을 보니
"○○이 할머님이 드립니다"

스승의 날 때 꽃을 주며
옥수수같은 웃음 베시시 보이던
예쁜 마음씨의 그 아이가
'가출하면 퇴학을 시킨다' 는
학교의 강력한 그물에 걸려
상담실 구석에서 눈물 흘리며
파닥거리며 날보던 그 아이

그 아이를 생각하면

한 학기 마치며 한 그물 들어 올려
풍성한 수확의 기쁨이기보다는
내 옆구리에 비늘이 파닥파닥 벗겨지는
몸부림으로 아픔 가슴 채어온다

2학년을 맡은 내가
3학년이 된 그 아이에게
미처 사랑의 말도 나누기 전에
무관심의 물결에 이리저리 쏠려 다니다가
숨겨진 바늘에 찔리어 내 곁을 떠났구나

문득문득 너의 이름을 불러 보고
멍울진 회한의 아픔 돌이켜 보지만
돌이킬 수 없는 안타까움 뿐

검정고시 준비한다고 서류를 떼러 오신
할머니의 안쓰러운 요구르트를, 난
벌컥벌컥 가슴으로 들이키고 있었다

그 아이(5)

하루의 끝이 곧 시작인 시간
그 아이의 맑고 투명한 소망과
내 은은한 기다림이 전화로 만난다

스물아홉 인생의 절반에서
도달하고픈 꿈을 이룬 기성세대로
이제는 누군가에게 무엇을 주어야 하나
말없이 가르쳐 주던 열아홉 그 소녀가
일기장 고백을 고민 끝에 읽어준다

입시 여울에 은행잎 지는 줄 몰라
문득 낙엽지는 소리에 놀란다는 아이
나로 인해 세상을 긍정적으로 본다는 아이
나를 만남으로 인생의 의미가 달라진다는 아이
그러나 많은 것을 기대하지 않겠다는 그 아이

그 아이가 가르쳐 준 귓속 속삭임의 말

영광 그 만큼의 공허
행복 그 만큼의 슬픔
사랑 그 만큼의 아픔
만남 그 만큼의 이별

그 아이(6)

결혼하여 새 가정을 꾸민
고교 동창생 모임 친구 집들이에서
오랫동안 잊혀졌던 그 아이를 만났다

중학 시절,
그리 크고 강해 보이던 그 아이
친구들 우상으로 다른 친구 괴롭히고
반장으로 보다 못해 선생님께 말씀드렸다고
내 넓적다리에 칼을 들이대던 그 아이

졸업 후 각자 삶의 길에서
문득문득 추억 속에만 살아 왔는데
칼날 같은 세월 여울에 시달리고 쓸리어
삶에 절어 초췌해진 청작업복의 그 아이

안 해본 것 없이 다 해봤다며
이젠 삶을 보다 소중히 살기 위해

새벽부터 밤까지 쉬지 않고 살아왔다고
날 보며 베시시 웃음 짓던 그 아이

다시 중학생이 된다면
새벽부의 밤까지 쉬지 않고
공부만 하겠다던 그 아이
5년 미친듯 공부해서
50년 보란듯 살겠다던 그 아이

저녁을 먹고
맥주를 마시고
힘없이 돌아서는 등 뒤에
반짝 빛나는 유리구슬을 보았다

꽃다발의 그

어제 전화를 받고
결혼식 축하객으로 가려는
낯선 거리 당산역 앞에서
그를 만나서 함께 가기로 했다

졸업한 지 5년 6개월
까마득한 옛날 소꿉친구보다
더 많이 변해있을 것 같은 그를
두리번 두리번 기다린다

둥근형의 항상 웃던 그 얼굴
말없이 청소하며 순진했던
교실 한 켠에서 공부하던 그

졸업하는 날
우수에 젖은 눈빛으로
"선생님 꼭 찾아뵐게요"

아직도 귓가에 꼬리를 무는데

갑자기 한 숙녀가
등 뒤에서 "툭" 치며 하는 말
"선생님 아니세요!"

환한 웃음으로 다가서는
그의 수려한 몸가짐은
지난 그리움 하얗게 풀어놓는
그대로가 내겐 꽃다발이었다

졸업생의 노래

아무도 깨어있지 않은
지금은 새벽 2시예요

졸업을 40시간 남겨두고
왠지 모를 아쉬움에 젖어
학교와 선생님을 생각했어요

너무나 힘겨웠지만
되돌아보면 너무나 행복했던
열여섯 시절을 잠시 생각했어요

현란했던 열다섯 중2
명동 압구정동 돈암동 청량리
만약 그 때 조금만 참지 못했다면
선생님이 제 곁에 안 계셨다면

어느덧 세월에 나이 먹고
좀더 주위를 살필 수 있게 된 지금

제 자신이 초라하고 불쌍해졌어요
아빠 없는 게 뭐 그리 대단하다고
제 마음은 온통 흔들어 놓았어요

아직도 죽을 때까지 소원이 있다면
다정한 아빠가 맛있는 과일 과자
한 보따리 들고 들어 왔으면 하는
남들처럼 평범하지만 소중한 거예요

어떨 땐 힘없이 마냥 웃다가도
갑자기 속상해서 눈물이 막 나와요
제가 그토록 방황했던 건 아마
그런 아빠에 대한 환상 때문이랄까요

하지만 어쩔 수 없는 운명
이제는 조금씩 정리하고 있어요
나빴던 제 습관 고집 그런 것들이요

요즘 들어 노는 것도
예전처럼 좋지가 않아요
다 허무하고 부질없는 것 같아요
친구들도 선후배들도 다 떠나가고
몇 년만에 처음으로 가족과 보냈어요

학교 다닐 때
아무리 잘 나가고 싸움 잘해도
나이 좀 먹으면 그런 거 다 필요없어요
그 땐 그게 최고인 줄 알았는데

학교 일찍 그만두고
아무 준비없이 세상 나간 애들은
세월이 흘러서야 피눈물을 흘리죠
전 이제 후회하는 사람들이 싫어요
자기가 저질러 놓고 후회하고

선생님! 저 이제
피아노 다시 시작했어요
선생님과 약속한 거 이루기 위해
하루에 다섯 시간씩 피아노를 쳐요
물론 공부도 더 많이 하구요

제가 철없이 방황하는 동안
엄마가 힘드셨던 거 이제 알아요
나중에 꼭 성공해서 갚아드릴 거예요

선생님!
제 모습 꼭 지켜 봐주세요
제가 세상에 유명해지면 자랑하세요
"내 제자였노라고…"

졸업 후에도 자주 찾아 뵐게요
선생님 사랑 잊지 못할 거예요

늘 그렇게 저를 지켜주세요
안녕히 주무세요

제5부
선생님 당신은

동료 교사에게

가야할 길이 너무 멀다고
여기서 주저앉지는 맙시다려
어둠의 혼돈 같은 길을 가더라도
처음 모습처럼 빛을 밝힙시다려

우리 가는 길은 조금씩 달라도
어차피 너른 바다에서 만나듯이
협곡에선 빠른 걸음을 재촉하고
넓은 들 만나면 천천히 기다립시다려

앞서 간다고 자랑하지 말며
뒤떨어졌다고 실망하지 맙시다려
위에 있다고 누르지 말고 배려하며
아래 있을 때 겸손히 받쳐줍시다려

가다가 목마른 가뭄 들면
땅 속으로라도 꾸준히 흐릅시다려
어린 새 뿌리에겐 아낌없이 나눠주는

그런 기쁨만으로 만족하며 살아갑시다려

욕심 없이 아래로 아래로 흐르며
가파른 길일수록 아름다운 노래 부르고
평탄한 길일수록 구석구석 어루만지며
변함없이 언제나 그렇게 흐릅시다려

동업자

그대와 난
같은 자격증 가지고
같은 꿈을 꾸는 동업자

어느 한 쪽이 이기고
어느 한 쪽이 지는 게 아닌
둘 다 이겨야 하는 윈윈 사업

도시 콘크리트 속에서나
자연의 이슬 속에서나
살아가는 모양새는 달라도
목적지는 하나인 우리

서로 힘들고 지칠 때
등 두드려 격려해 주고
잘할 때 힘찬 박수 치며
칭찬하며 자랑하는 사람

멀리 있어도 늘 곁에 있고
곁에 있어 더욱 든든한 친구
세월이 흐를수록 서로 미더운
다단계 사람 만들기 사업

그대와 난
같은 자격증 가지고
같은 꿈을 꾸는 동업자

속마른 사랑

초등학교 시절
유난히 키가 작다고
더욱 더 슬퍼 보인다고
날 업어다 주셨던
노처녀 담임선생님

중학교 시절
교무실 찾아가면
반질반질 까까머리
귀엽다고 어루만지시던
동글동글한 수학 선생님

고등학교 시절
어두운 진로 고민하며
등나무 아래 혼자 머물 때
환한 등불 하늘에 걸어주시던
키꺽다리 국어 선생님

나이를 먹을수록
수채화는 선명히 그려지는데
까까머리 꼬맹이였던 내가
이만큼 커버렸다는 사실을
선생님은 알고나 계실까

기억

학창 시절
내가 기억하는 건

선생님들 무서운 매보다
알면서 지나쳐주신 눈빛
꾸중보다는 격려
조롱보다는 칭찬

내 마음 밭에서 뿌려진
눈빛이 민들레 되고
격려가 진달래 되고
칭찬이 개나리 되었네

헝클어진 몸매
다소 풋풋하지만
누구에게나 성큼 다가가
꽃다발 될 수 있는 건

지난 시절
선생님들 내게 주신
아름다운 씨앗 때문

국어 선생님

깡마른 체구에
고즈넉해 보이는
검은테 안경의 국어 선생님

눈빛은 언제나 깊었고
두툼하신 입술로 구슬 같은
시를 읊으시던 국어 선생님

가련한 소녀에게
꿈과 희망을 안겨 주시던
진실하신 국어 선생님

그분은 지금쯤
어디서 무얼 하고 계실까
보고 싶은 국어 선생님

선생님 당신은(1)

귀 얇은 세상 무리들이
가랑잎처럼 흔들릴 때
흔들리지 않는 버팀목이신
당신은 기둥이십니다

남 탓하기 좋아하는 무리들이
가벼운 입 어둔 그늘 피울 때
오히려 파도로 일어 덮으시는
당신은 바다이십니다

먼저 많이 손 뻗는 무리들이
앞 다투어 먹이 앞에 달려들 때
나중에 조금으로 양보하시는
당신은 대지이십니다

약한 자 세상 여울에 쏠려
부딪치고 깨어져 스러질 때
훈훈한 바람 불어 덮으시는
당신은 하늘이십니다

선생님 당신은(2)

선생님 당신은
바로 볼 줄 아는 안목
옳게 분별하는 지혜
세월에 묻어나는 관록

뉘 알아주지 않아도
힘든 길 묵묵히 가며
작은 일 분노하지 않으며
번잡한 무리 용서하시는 당신

쉽게 판단하지 않으며
농담처럼 던지지 않으며
비평하여 상처주지 않으며
권세 탐하지 않으시는 당신

촌분도 아껴 본분 지키고
깊은 배려로 깨달음 주고
베푸는 것에 의미 찾고

존재하지 않은 듯 사시는 당신

언제나 따스한 눈빛
여유있는 미소로 바라보며
학생들 위해 기도하시는
당신은 참 스승이십니다

퇴직 교사의 눈물

— 천○○ 선생님께

학창 시절,
줄곧 1등을 내달렸던
모교 출신 천 선생님이
교직생활 27년 고이 접어
명예퇴직을 하셨다

그의 소망 사랑 젊음
숱한 재능 이 땅에 쏟고
더 사랑할 학생들 바라보는
그분이 여느 때와 달랐다

학생들의 어머니로
예의와 부덕을 강조하셨던
가정 선생님의 씨앗이 자라
세상의 꽃이 되는 이때에

달라지는 교육 변화

내리꽂히는 화살 정책
여린 가슴에 맞아 병 되어
쇠잔한 발걸음을 떼셨다

우여곡절 서러운 가슴
옥 같은 눈물로 씻어 담고
이 사랑의 학교 떠나시는
그의 애잔스런 모습에서
남은 자도 같이 울었다

어느 퇴임 선생님을 생각하며

— 임○○ 선생님께

교정을 감싸안은 나뭇잎들이
하나둘 떨어지는 가을 언덕에 서면
지금도 쓸쓸한 교정 구석 어딘가에
그 특유의 이북 사투리를 쓰시면서
아이들을 향해 열정 쏟고 계실 것 같은
선생님의 우렁찬 음성이 들려옵니다

그 유장한 삶의 예순다섯 해
그 절반 서른 해를 스스럼 없이 잘라
꽃밭에 심어 놓고 정년을 맞으셨지만
그 꽃들은 싹을 틔우고 풍성히 자라
이제는 이 나라의 커다란 기둥일진데

어느 누구보다도 건강하시고
어느 누구보다도 열정적이셨던
지난 삶을 모두 안타까이 접어두고
말없이 뒷모습을 보이셨던 그때는

한 가슴을 도려내는 아픔이었습니다

떠나신 당신을 생각하면
지기知리라는 말이 생각납니다
부끄럽게 드렸던 나의 조그만 글들을
기쁨으로 읽으시고 평론해 주시던 모습
그래서 더욱 고마움으로 다가옵니다

수업시간은 열정 그 자체이셔서
교과서 가득 울긋불긋 수를 놓았고
성적과 학습 능력도 중시하셨지만
여성의 부덕을 제일로 여기셨지요

특별활동은 서예를 담당하셔서
정예 요원을 직접 뽑아 가르치시어
각종 서예 대회마다 입상하셨으니
붓끝 사랑 너희 손에 면면이 이어지리라

일일이 헤아려도 다 못할 그 사랑
학교의 구석구석 스며나지 않으리요
배움의 학생들에게 훌륭한 스승님으로
가르치는 교사들에게 뛰어난 선배 교사로
오천년 교육사 속에 길이 빛날 그 사랑!

스 승

스승의 날에
누군가 찾아갈
스승이 있다는 건
참으로 다행한 일

스승의 날에
찾아갈 스승도 없고
찾아올 제자도 없으면
참으로 불행한 일

살아오는 동안
꼭 한 번이라도
찾아가 나누고픈
나만의 스승은 누구

어려울 때
좌절했을 때
나를 깨우쳐 준
진실한 스승은 누구

선생님 자리

선생님 앉으셨던 자리에
내가 다시 앉아보면
살포시 무거워지는 내 어깨

항상 웃음으로
교실 밖 아이들에게
기쁨의 씨 뿌리시던 모습

때때로
안경 너머로 보이는
우수에 젖은 깊은 눈빛

친구를 사랑하라
진실하게 살아라
아직도 들려오는 말씀

가벼운 듯 가볍지 않으시며

무거운 듯 무겁지 않으신
은은한 당신의 향기

선생님 앉으셨던 자리에
내가 다시 앉아보면
살포시 무거워지는 내 어깨

종합 검진 받으며

2년에 한 번
정기 종합 검진 받으며
갈수록 건강에 대해
두려움이 앞선다

아이들 앞에
건강하게 서 온 날들보다
앞으로 교단에 설 날들이
더 많은 내 나이

뉴스에선 날마다
교사 자격 없는 사람
퇴출시킨다며 위협하는데
건강은 교사의 첫째 자격

분명히 보고
언제나 진실을 말하며
옳고 그름의 올바른 판단과

뜨거운 가슴 속 사랑을 위해

눈 코 귀 입
머리 가슴 척추
팔 다리 오장육부
200여 개의 뼈마디 마디
모두모두 소중해

갈수록 썩어가는 이빨로
얼마나 더 말할 수 있을 것이며
X-Ray 찍으며 지난 내 양심 찍고
혈압 재며 핏대 세운 날들 돌아본다

검사의 마지막 관문
피를 뽑고 소변을 받아내며
피와 소변 속에서 아이들과 나눈
뜨거운 사랑과 인내의 농도를 재며
교사로서의 자격을 가늠해 본다

나는 너에게

나는 너에게
사랑을 말하노라

너는 세상에 대한 두려움으로
행여 널 해칠까 의심하지만
난 선생님으로 너에게
사랑을 말하노라

너는 굴종이라 말하지만
지난 날 내 선생님들 앞에
한없이 무릎을 꿇고 싶었으니
나는 마음 속 깊은 감사라 말하고 싶다

너는 자유라 말하지만
울타리 없는 자유로 묻혀지는
헛손질의 숱한 목숨을 보았으니
나는 갑 속에 든 자유라 말하고 싶다

너는 복종이라 말하지만
나는 나보다 앞선 이에 대한
가르침을 배우고자 하는 경의로움이니
나는 존경하며 따르는 순종이라 말하고 싶다

무쇠는 용광로의 담금질로
대장장이의 두드려짐으로 칼이 되고
칼은 정의로 울어야 명검이 되나니
나는 너를 명검으로 만들고자 하노라

나는 선생님으로
네게 거짓 증거를 협박하지 않으리라
네게 독이든 사과를 물라 하지 않으리라
네게 무릎 꿇는 존경을 강요하지 않으리라

나는 선생님으로
너의 방심을 방관하지 않으리라
너의 방종을 방관하지 않으리라

너의 방황을 방관하지 않으리라
방심이나 방종이나 방황은
그릇된 교만에서 빚어지느니라

나는 선생님으로
당당한 삶을 가르치리라
참다운 자유를 가르치리라
최선의 노력을 가르치리라

도전을 통한 성취와
인내를 통한 승리와
배려를 통한 감사를 가르치리라

함께 하는 시간도 순간이니
유리처럼 부서지는 아픔도 지나면
가슴에 남아 보석처럼 빛나리니
빛나는 것은 모두 아름다움이 되리라

너희들에게(1)

— 꼴찌들에게 갈채를

학기초가 되면
설레는 것은 너희들만이 아니란다
너희와 내가 똑같이 만나는
'만남의 장' 인 학교에서
너희는 어느 반이 될까
담임선생님은 누구일까
어떤 친구들과 어떻게 생활할까

누구나 마찬가지리라
새로운 생활에 대한 두려움과 설렘
어떤 학생들이 모여질까
어떤 반을 맡게 될까
반장은 누가 될까
공부는 잘할까

어느 것 하나
내 뜻대로 되게 할 수 없다면

그건 작은 운명이 아닐까
올해엔 내게 있어
처음이라는 담임으로 무척 설레었고
긴장으로 초조함을 억누르고
기도하며 너희를 맞이했었다

훗날에
아마도 너희들은 나를 잊고 살아가겠지만
나로서는 세상 끝날까지 너희에 대한 추억을
잊지 못하리라 선배 교사들은 말한단다

방학 동안 행여
너희의 이름을 잊지나 않을까
교무 수첩을 여기저기 들춰보며
솟아나는 그리움을 간직한다

우리가 만난 1학기는

많은 일들이 지나갔지
개학식에서의 만남
학급 체험훈련 수련회
환경미화심사 교내 체육대회…

난 언제나
하루하루의 시작과 끝을 마감해 주었고
그 속에서 건강하고 대견해짐으로써
아름다운 성장과 성숙을 해왔구나

학기말을 마감하면서
너희가 모든 반에게 양보했을 때
비로소 우리는 자유로워질 수 있었구나

너희는 가끔
"꼴찌하는 우리반이 싫지 않으세요?" 묻지만
그건 너희 부모님께 여쭈어 보렴

너희가 비록 학교에서
공부는 꼴찌한다 하더라도
밉기보다 예쁘고 소중한 딸이듯이
다만, 난 너희가 더 잘해주길
기다리며 소망하고 있단다

1학기 마지막 종례 시간에
너희 중에 누군가가 날 위로하기 위해
"2학기 땐 선생님 기쁘게 해 드릴게요"라고
말했을 때 난, 1학기의 모든 속상함도 잊고
하늘을 훨훨 날 것 같은 기쁨에 사로잡혔더구나

삶의 보람과 기쁨은
어쩜 그렇게 간단한지 그건
값비싼 선물로도 대신할 수 없는 것
단지, 열심히 하겠다는 너희의 약속과
그 노력의 모습을 보여주는 것
그런 너희에게서 보람을 찾는단다

이제 방학을 보내며
다시 도전하는 마음으로
열심히 공부하며 생활하고 있을
너희의 꿋꿋한 모습에 기대를 건다

2학기엔,
너희에게 1등을 강요하지 않는다
다만, 더 힘들고 더 고생되더라도
거기엔 아름다운 추억이 깃들어 있음에
바람직한 최선을 기울여주길 바랄 뿐이며
그런 너희에게 갈채를 보낸다

나는 담임으로
너희는 학생으로
이렇게 마주보며 꿈꾸는
희망찬 미래를 설계하자구나

너희들에게(2)

― 빈 교실에서

미래를 꿈꾸는 누구나
선생님이 되기로 작심하면서
"난 녀석들 꼼짝 못하게 할껴"
폭력적 꿈을 키우진 않을진데

'쉽게 이해하고 즐거운 수업' 을 위해
비폭력적인 이해심 깊은 교사가 되려
몸에 좋은 쓰디쓴 약 달가운 캡슐에 넣어
밝은 표정 유머 교사로 너희 앞에 서려는데

자꾸만 단 것 먹여 다 썩은 이를 가진
아이들 키우는 똑똑한 현대판 부모처럼
텔레비전 코미디언처럼 너희에게 웃음 먹여
얇팍한 말초신경만 발달시키는 건 아닌지

그러나, 내가 자질이 부족한 탓인지
이론과 실제의 차이인 교육 현실의 어려움인지
스무 평 남짓 구석구석 오십 개의 책상마다엔

부정적 요소 얼싸안고 곤두박질치고 있어라

대청소하면 안 하고 노는 아이
어떤 일에도 부정적이고 귀찮아하는 아이
마치 자신만이 옳은 양 주장하고 싸우는 아이
보이지 않는 의심만 가득찬 교실에서
순간순간만 모면하려 눈치보는 아이
잘못을 행하고 모르리라 감추는 아이

안일과 나태가 서로 일어나 춤추는 반
이기심과 비양심이 이리저리 굴러다니고
자신의 책임은 구석에서 먼지로 쌓이고
사랑과 온정이 청소함 속 푹푹 썩는 교실
정열과 열정의 분필이 부러져 뒹굴고
회초리 소리만이 찰싹찰싹 들리는 교실
분필가루 날려 가슴 속 멍울 키우는 교실

그런 교실에서 너희를 앉혀 놓고
제멋에 빠져 힘찬 수업은 하는 난

상징은 상징으로 남고
모순은 모순으로 남고
역설은 역설로 남는데
열려진 창밖 달아나는 정열을 본다

애써 교사가 된 우린 너희에게
언제나 사랑으로 가르치길 희망하지
너희와 어우러져 손잡고 함께 나가는 반
노래와 웃음이 교실 가득 들리는 반
무슨 일이든지 한 마음으로 합심하여
최선을 다하며 스스로 책임을 지는 반
믿음과 사랑이 충만하여 기쁜 반

마음의 벽을 허물고 터놓고 의논하는 반
칠판 가득 미래의 희망을 하얗게 그려 놓고
초롱초롱 빛나는 눈빛으로 날 응시하는 반
선생님을 아빠처럼 엄마처럼 생각하는 반
교직에 언제나 초보인 나도 그런 반에서
그런 선생님으로 생활하고 싶구나

너희들에게(3)

— 가야산에서

체감 온도 영하의 날씨를 육박하는
경남 합천 해인사 넘어 가야산 정상
눈보라 매서운 산행길 거친 숨 몰아쉬며
따뜻한 봄을 맞는 서울에 너희를 그린다

지난 한해 너희 위한 나의 산행은
이 곳 가야산 정복만큼이나 험난했구나

나로선 첫 산행이란 설레임 두려움 안고
충분히 준비되지 못한 교육론 배낭에 담아
아침마다 새벽잠 설치며 떠나는 여행

너희와 만나 부서져 다가오는 상념에
더러는 수통에 사랑이 없어 갈증을 느끼고
더러는 양념이 떨어져 맨밥을 먹어야 했던

아!
너희와 만나 산행하던 그 날 이후, 난

언덕에 풀꽃같은 너희들의 이름으로 기뻤고
문득 만나는 바위마다 자랑이 되기도 했으며
때로는 안타까움과 깊은 슬픔에 쌓여
위험이 도사리는 곳을 방황하기도 했지

너희는 어느 산행보다도 자신이 넘쳤고
또렷한 눈망울에 원대한 꿈이 있었지
난 그저 너희의 개성을 존중하려 했고
목적보단 과정에 충실을 목전에 두었지

너희의 리더인 난 언제나 처음과 끝
앞서서 이끌기보다는 뒤에서 받쳐주었고
너희는 언제나 나의 바램 이상 뛰었기에
격려보다는 질타였던 주위의 눈빛은
비로소 부러움과 선망의 눈빛이 되었지

이제 어렵게 정복한 첫 산행의 정상에서
무한히 샘솟는 기쁨 더 갈 수 없는 아쉬움이

우뚝 솟은 바위처럼 보람으로 피어오르는구나

부족했던 내 모습 너희 사랑으로 감춰지고
너희의 실수도 아름다운 추억으로 다가오는
손에 손을 잡는 어우러짐의 한마당이었구나

이제 너희들을 떠나 하산을 하며
각자의 삶의 길로 헤어져 내달리더라도
너희와 함께 했던 지난날의 기쁜 추억은
다시 찾는 그날까지 이 곳 정상에 묻어두고
각자의 최선으로 또다른 산행을 하자구나

너희들아! 바람을 가지노니
앞으로 삶의 거친 폭포수에 단련이 되어
잔잔한 내 반짝 빛나는 조약돌이 되기까지
부딪치는 현상에 대해 보다 깊이 생각하고
너희 모두가 '사랑 안에 하나' 되길 바란단다

너희들에게(4)

— 보다 행복한 삶을 위하여

다양한 부류의 사람들 속에서
이제막 새 삶의 기운을 싹틔우는 너희들은
무엇을 준비하여 하루를 보내고 있는지
소박하게 부딪치는 일상의 현실에서
보다 풍요로운 내일의
일생을 준비하는 너희들아

너희와 같은 청소년은
보다 높은 이상을 꿈꾸며 준비하는 시간
어제의 잘못보다 오늘의 각오로 내일을 여는
실수가 인정되는 꿈을 펼치기 위해

세상에는 언제나 두 부류가 있단다
천박한 사람과 고상한 사람
부정적인 사람과 긍정적인 사람
불만이 팽배하는 사람과 만족하는 사람
불평하는 사람과 감사하는 사람

이러한 모두의 가치 기준이 정해지는
중요한 시기의 너희들에게
난 묻고 싶다
"어떤 사람이 되고 싶냐고"

스스로를 고상하게 하는 사람은 고상해지고
어떤 일에도 긍정적인 사람에게 주어지고
감사하며 만족하는 사람에게
행복의 열쇠가 주어진단다

오늘의 할일을 내일로 미루는 자에게
요행만이 기다려질 것이며
꾸준히 노력하고 아무런 댓가를
바라지 않는 선한 사람에게
소나기처럼 내리는 우주의 축복

너희들아!

한 번뿐인 소중한 인생
가만히 있으면 저절로 빠져드는
유치한 부정 불평 불만의 늪에서
독수리처럼 힘차게 깨쳐 일어나
애써 노력하고 극복해 나가는
원대한 이상의 너희들이 되거라
보다 행복한 삶을 위하여!

너희들에게(5)

― 한 학년을 마치며

너희에게 있어
선생님은 별반 의미가 없을지 모르지만
선생님은 너희 모두가 소중한 존재였단다

처음으로 3학년을 맞게 되어 설레었던 순간들
'나의 아이들이 누구일까?'
'가출은 안 했으면 좋겠어'
'…………'

나름대로 너희에 대한 설레임을 가졌단다

너희의 부모님이 그러하듯이
너희를 사랑하는 사람들은 언제나
너희에 대한 기대감으로 꽉 차어 있단다

너희와 함께 하는 세월은
더러는 힘들고 고통스러웠지만
돌이켜 보면 언제나 소중한 시간들이었지
너희가 기뻐할 땐 선생님은 두 배로 기뻤고

너희가 슬퍼할 땐 선생님은 두 배로 슬펐지

강당에서 학급 담임 배정을 받으며
우린 그렇게 운명처럼 만나 한 울타리가 되었지
너희의 가슴 속 욕망 다 채우기엔 부족한 담임을
믿고 도와가며 잘 이끌어 나가자던 부끄러운 약속

그러나 지난 해는 유독 학기초 가출이 많았지
선생님이 너희들의 이름을 다 익히기도 전에
너희의 나래는 자유롭게 날기를 시도했었지

현실과 미래의 행복의 기로에 서서
너희 언제나 현실을 벗어나려 애썼지
그러기에 누군가의 사랑을 더 받아야 했고
난, 너희를 함께 모아 우리반 1조로 편성했지

너흰 스스로 갈라지기도 하고
또 그렇게 합쳐지기도 하더니 그룹이 되고
난 그룹의 특성으로 너희에게 다가서니 잘 뭉쳤지

돌이켜 무엇보다 기뻤던 것은
5월 이후 한 뜻으로 무지각 무결석을 지켰던 거야

공부는 걱정하지 않아도 언제나 중간이었고
특별히 잘해 상탔던 일은 많지 않았지만
수학 경시 과학 경시 금상은 우리의 쾌거였지
그리고 소풍, 백일장, 보람원, 체육 대회…

그 때 기억나니?
우렁찬 함성이 인왕산을 흔들던 체육 대회 말야
피구, 줄다리기는 당연히 우승할 거라 믿었기에
기대와 설레임은 우승까지도 넘보게 했었지

그 때 아깝게 져서 마구 울어대던 너희들의 눈물!
만일 선생님이 여자었거나 너희가 남학생이었다면
모두들 눈물 닦아주며 한 번씩 안아주고 싶었단다
그런 너희 눈물이 내 가슴엔 아름다운 보석이 되어
선생님은 너희를 보내놓고도 부자가 되는 거란다

너희들아! 선생님은 일찍이
'가로등 연가' 라는 시를 쓰고 좋아했지
가로등은 멀찍이 다가오는 행인을 밝히기 위해
최대한 고개를 수그리고 자기 영역을 세세히 비추잖니
그리고 또다른 가로등 만나기까지 말없이 비추지만
가로등 한 번 올려 보며 고맙다 인사하는 사람 봤니?

이제 또다른 가로등을 만나 너희의 길을 가겠지
뿔뿔이 흩어져 성숙한 어느 날 문득 어른이 되기까지
그래서 다시 중 3을 돌이키는 날에 난 늘 그 모습으로
그 곳에 서 있을 것이니 한 번쯤 되돌아 보렴

그래서 마지막으로 학급 문집을 정리하는 것이니
모든 아쉬움 미움 원망 등을 가슴 한 켠에 묻어두고
그리움 희망 사랑의 달콤한 솜사탕만을 꺼내 먹으렴

끝으로 한 해 동안 수고했던 학급 임원들
임원이 아니어도 학급 일에 열심을 다했던 친구들
학기초부터 학년말까지 선생님의 근심이었던 아이들
이름 한 번 써볼까 선혜 뽕새 송생 뽀미 영구 따봉이…

그래도 학교에 출근할 때면 그 짧은 시간에
'선생니임~' 하고 불러주며 손을 흔들던 순수함 때문에
너희가 떠나도 난 출근하며 너희 교실을 올려 보는
못된 버릇으로 오랫동안 그리움에 몸부림치겠지

두번이나 담인 맡았던 나영 윤선 주원 인선 은희 미경이
선생님을 잘 도우며 근심 되었던 선영 수진 혜연 지민이
공부 잘하고 친분이 좋았던 수현 소영 고은 근선 지연이

여름 과학 캠프 때 물을 먹인 연주 지선 혜자 수연이

지각왕 수진이, 연극에 경선이, 새침떼기 홍미, 착한 주미
아무래도 좋아하는 유림이, 귀여운 인선이, 내숭 정선이
삐삐 민정이, 덜렁이 현미, 눈망울 진영이, 감성파 상옥이
믿음직한 인혜, 뭐든 잘하는 서연이, 터미네이터 율이

실업 반장 민정이, 조용한 소시민 은영이, 예쁜 범생 은주
무용에 미경이, 끝내주는 이름 명성이, 숨은 일꾼 지혜
글씨 잘쓰는 은영이, 성격 칼 선영이, 부반장 유상이
숨은 천사 재선이, 전학 와서 다행인 형주…

그리고 전학 간 성은이, 미국으로 유학 간 수연이까지
오십 명 모두모두 내겐 잊지 못할 소중한 딸들이니
부디 올바르게 성장하여 남을 위해 인류를 위해
훌륭한 꿈들을 펼쳐나가길 손 모아 기도하련다

언제부터인가 '시' 라는 것이 우리들로부터 멀어져 가고 있다고 느끼는 요즈음 불쑥 던져진 한 편의 시 「원시인」에 '그리운 나라 / 원시 세계로 가는 날까지 / 낮엔 현대 아이들 가르치고' 로 인해 어릴 적 추억을 떠올리게 합니다. 순수한 세계로 흠뻑 빠져들게 하면서 잠시나마 잊었던 교사로서의 본분을 생각나게 하는 동시 같은 시입니다.

가끔 수업 시간에 영시를 들려주면 학생들은 딴 세상, 즉 입시에 도움이 되지 않는 시선으로 바라볼 때 가슴 아팠고, 어느 코미디 프로처럼 "일등만 아는 더러운 세상"을 위해 매진해야 하는 학생들을 볼 때 더욱 가슴 아팠습니다. 이 시를 보면서 학생들이 공부에 찌든 세상이 아닌 나만의 정신적 세계 속에서 마음껏 활개를 폈으면 하는 마음입니다. '원시인' 처럼 말입니다.　　　　　　안창환(서울 방산고 교사)

시집의 내용을 보며 교단에서의 제 모습을 돌이켜 봅니다. 아이들 앞에서 부끄럽지 않은 모델 같은 존재로 사랑을 베풀며 생활하고자 했지만 「선생님 당신은」에서 보는 선생님의 모습은 지금의 '나' 를 참 곤란하게 합니다. 특히 '언제나 따스한 눈빛 / 여유 있는 미소로 바라보며 / 학생들을 위해 기도하시는 / 당신은 참 스승이십니다' 라는 부분을 대

하며 과연 나는 아이들을 위해 기도하며 진정한 사랑으로
아이들을 대하고 있는 참 스승인지 반성도 많이 했습니다.
아울러 「선생님 당신은」뿐만 아니라 다른 시들도 학교 현장
에서의 아기자기한 모습들을 그리고 있어서 공감도 될뿐더
러 가슴 따뜻함, 그리고 앞으로 더욱 더 소명의식을 가지고
아이들을 위해서 존재하는 교사가 되라고 채찍질하는 내용
으로 다가왔습니다.　　　　　　전문식(전주 근영여고 교사)

　　우리 학생 중에 개별학습반 학생이 있습니다. 그 학생은
엄마 찾는 초등학교 1학년처럼, 교무실을 드나들며 선생님
을 찾습니다. 그런 그 학생은 귀찮기보다는 절로 미소를 띄
게 되고, 웃음을 번지게 합니다. 마치 우리 마음을 맑게, 천
진난만하게 만드는 동시처럼… 이 시집은 바로 이 학생의
순진무구한 마음처럼 ‘시란 이런 것이로구나! 라고 느끼게
하여 줍니다.
　「악몽」이라는 시에서는 개학을 앞둘 때마다 꾸는 꿈인
데, ‘어쩌면 이리도 나와 같을까? 하며 공감을 하게 되었습
니다. ‘시’ 란 사람들의 맑고 순순한 마음을 그대로 읽어 줄
줄 아는 사람만이 쓸 수 있는 것이라고 생각하며, 누구보다
도 어린이와 같은 순수한 마음을 표현한 이 시를 많은 교사,
학생, 학부모들이 읽게 되기를 바랍니다.

　　　　　　　　　　　　　　　오묘순(서울 선린중 교사)

　이 시집을 보면서 저를 부끄러움으로 몰아넣은 구절은
「동료교사에게」에서 ‘아낌없이 나눠주는 / 그런 기쁨만으
로 만족하며 살아갑시다려’ 였습니다. 어느 순간 제가 아이
들에게 기대하고 보상받고자 하는 모습으로 서 있었던 것입
니다. 아이들은 아이들일 뿐인데, 제가 준 것들을 모두 수확
하고자 했던 제 자신이 느껴져 한참을 멍하니 있었습니다.
어느 선생님께서 ‘교사는 본전 생각을 하면 안 된다’고 말
씀해 주셨던 것이 기억납니다. ‘내가 너에게 이렇게 해 주
었는데, 어찌 네가 이렇게 행동하느냐.’ 하면 안 된다고요.
마음을 비우라 하셨습니다. 아마도 그 말씀이 ‘아낌없이 나
눠주는 그런 기쁨만으로’ 라는 말인 것 같아 저를 돌아보게
만듭니다.　　　　　　　　　　노정은(경기 구리중 교사)

　어느 박사님께서 라디오에서 하신 말씀이 생각납니다.
‘마음을 건강하게 하고 정신을 맑고 유연하게 하려면 새로
운 사람들을 만날 것, 혼자 여행을 할 것, 그리고 시집을 읽
으라.’고 하였습니다. 그것 때문만은 아니지만 바쁘게 반복
되는 일상사에서 마음에 위로가 되고 쉬어가게 해주는 시 한
편을 만나고 싶었습니다. 이러한 때에 신호현 선생님의 시집
은 봄날의 단비와 같이 느껴집니다. 더욱이 교단에 계신 선
생님들께는 교직에 대한 소명과 아이들에 대한 사랑을 다시
금 고개 끄덕이며 공감하는 시간이 되시리라 생각됩니다.
　「등산」이란 시속의 ‘나무 하나 어루만질 때마다 / 가슴
속에 벅차오는 설레임 / ‘산에 오르길 잘했구나’ // 때론 미

끌어져 내리고 / 돌부리에 넘어질지라도 / 언제나 정상을 오른다' 라는 구절이 특히 제 마음에 다가옵니다. 뒤늦게 교생실습을 하며 여러 가지 생각과 걱정이 드는 저에게 정상에 오르고 싶다는 꿈이 메아리처럼 울려옵니다.

원종석(서울 정신여고 교생실습)

시 「아이들」의 '아이들은 / 그대로가 금쪽 텃밭' 심으면 심은 대로 삼십 배, 육십 배, 백 배의 결실을 맺지요. 시 구절구절마다 원시인 선생님의 삶의 철학과 교직관이 배어 있어요. 일전에 제가 출간한 『남북의 청소년』을 구절구절 손봐 주시던 그 느낌 그대로 섬세함과 자상함으로 다가옵니다.

교직에 첫 발을 들여 놓을 땐 분명히 마음에 새겼던 '금쪽 텃밭' 이었는데 지금은 그렇지 못한 것을 보니 내 마음도 변했나 봅니다. 원시인 선생님 시집으로 거울삼아 나를 비추어보니 다시 햇병아리 교사 시절로 돌아가고 싶어집니다.

조정기(서울 풍납중 교사)

시 「정원사」의 '햇병아리 같은 / 너희 맞아 함께 나누는 / 튼실한 정원사가 되리라' 시인의 제자 사랑이 흠뻑 묻어 있는 구절입니다. 항상 자신보다 제자 사랑이 먼저이신 선생님의 모습이 담겨 있습니다. 점점 매너리즘에 빠져서 처음 사도헌장을 가슴에 새기고 교단에 선 초년병의 순수성을 잃어버린 지 오래된 우리에게 진정한 교사상의 메시지를 던지는 전령 같은 작품입니다.　　신홍규(서울 한양사대부고 교사)

앞에 많은 시들도 나름 의미가 깊지만 시 「선생님은 너희를 사랑한단다」 중 '정글의 끈끈한 거미줄처럼 믿음으로 얽혀 사는 우리' 란 구절이 마음에 많이 와 닿습니다. 진정한 사제동행의 믿음이 많이 사라진 지금, 나는 진정 얼마나 아이들을 믿어 왔으며, 또한 그들에게 참된 믿음을 심어 주는 삶을 살아왔는지 되돌아보게 합니다.

또한 「선생님 당신은(2)」에 '누가 알아주지 않아도 힘든 길을 묵묵히 가며' 를 보면서 그동안 묵묵히 지켜온 20여년의 교직을 되돌아보며, 교직에 첫 발을 내딛던 때가 많이 생각났습니다. 오직 한 마음으로 이 길에 들어서던 그 순간의 초심이 다시 내 안에, 아니 이 꿈을 간직한 모든 교사들 마음 가운데 회복되어지기를 기도하며 소망합니다. 오랜만에 듣는 목소리도 정겹고 엊그제 함께 이야기했던 것처럼 언제나 변함없는 친구 선생님들이 있음에 행복합니다.

원정희(경기 용인 문정중 교사)

일상의 것들을 특별한 눈으로 바라보며 그 속에서 보석을 깨내시는 선생님! 학생들을 향한 따스하고 진실된 마음을 시에 고스란히 담아내시는 선생님! 언제 어떤 상황에서도 말이 그대로 시가 되어 나오는 선생님은 진정한 원시인이십니다. 학생들 한명 한명을 사랑으로 품으시며 시를 통해 일으켜 세우시는 모습에서 선생님의 진솔함을 보았습니다.

시 「성적표 가정통신문」에서 '먼 산을 오르듯 / 부족

한 성적 끌어올리고 // 퍼즐 조각 맞추듯 / 자신의 꿈을
찾는 아이' 는 정말 놀랍기만 했습니다. 바로 학생들 한
명 한명의 가정통신문을 모두 시로 적어주신 것이었지
요. 아이들의 잘한 점과 못한 점 위주로 서술되어지는
쫑알쫑알만 쓰던 내게 그것은 신선한 충격이었습니다.
나도 그런 시가 적힌 통지표 한번 받아보고 싶은 생각이
들었으니까요. 선생님! 좋은 시 많이 쓰면서 학생들과
늘 행복하길 바랍니다.　　　　　　　강혜선(서울 봉화중 교사)

　시「그림그리기」를 보면, 밤새 이토록 다채롭고 아름다
운 세상의 밑그림을 그리던 화가지망생이 떨어뜨리고 간 큰
붓 하나. 그 붓을 한 교사가 주웠습니다. 그리고 그 순간 교
사는 '무슨 그림을 그려야 하나' 라는 고민에 빠졌습니다.
이 붓을 들고 무엇을 그릴까를 고민하는 사람은 다름 아닌
이 땅의 모든 선생님들입니다. 지금도 많은 선생님들이 아
이들 앞에서 세계를 색칠해 나갑니다. 교사는 아직 세상의
색깔들을 알지 못하는 아이들에게 세상의 색깔들을 소개하
고 칠해주는 사람입니다. 이 시는 그동안 내가 아이들 앞에
서 세상의 어떤 빛깔들을 칠해왔는지, 또 내가 칠하지 못한
색깔들은 무엇인지를 되돌아보게 합니다.

　　　　　　　　　　　　　　정형근(서울 정원여중 교사)

　「편애(2)」에 담긴 '편애' 에 대한 남다른 접근과 표현에
소름 돋습니다. 행의 가락과 연의 묶음이 한 편이면서도 제

각각 독립적입니다. 그리고 지속적이면서도 반복적인 반전입니다. 무엇보다 진정한 편애를 실행은커녕 함의를 인식도 못한 저를 당혹케 합니다. 앞으로는 제대로 된 편애를 해보렵니다. 그래서 '더 깊이 사랑해야 풀어지는 인연' 속에서 절대로 풀리지 않는 인연을 만들어 보렵니다. '운명처럼 내게 빚진 아이들'에게 평생 사랑을 주어야 하는 채권자가 된다면 삶의 행복일 겁니다.

박승룡(충북 단양고 교사)

선생님도「악몽」을 꿀까요? 맞습니다. 얼마 전에 20년 이상 교단에서 중학생들을 가르치신 선생님들과 '자신의 악몽' 이야기를 나눈 적이 있습니다. 정말 재미있는 사실은 선생님들 모두 비슷한 악몽에 시달린 적이 있다는 점이었어요. '지각하는 꿈, 시험시간인데 시험지 뭉치 들고 교실을 못 찾아 헤메기…', 게다가 저 멀리 교장선생님까지 출현(?)해 주시면 악몽은 절정에 이릅니다. 땀에 절어 화들짝 잠에서 깨어나면 현실에서 지각이 기다리는 경우는 악몽의 연장이구요.

아직도 선생님들의 세상은 순수의 영역으로 남아 있나요? 저는 순수의 영역에 머물러 있다고 생각합니다. 원시인 선생님같이 꿈꾸는 분들이 계셔서요. 각종 업무에 치여 꿈꾸기마저 포기한 많은 선생님들에게 아직도 남아 있는 순수와 꿈의 영역을 이 시집에서 찾기를 간절히 바랍니다.

권영순(서울 경일중 교사)

시 「등산」은 학교를 향한 교사의 마음이 잘 담겨 있습니다. 산에는 산에는 / 소나무 같은 아이들, 참나무 같은 아이들, 아카시아 같은 아이들이 있습니다. 나도 모르게 아이들을 틀에 박아 교육을 하고 있다는 자책을 할 때가 있는데 참 공감하는 구절입니다. 소나무도 좋고, 참나무도 참 좋고, 소나무는 소나무답게, 참나무는 참나무답게 자라야 창조주의 섭리에 맞고 인간 생활에도 유익하겠지요.

26년 교직생활들 하며 힘들게 느껴질 때 '때론 미끌어지고, 넘어지더라도 묵묵히 걸어가야지' 마음먹었습니다. 이제부터 아이들을 있는 모습 그대로 보며 걸어가렵니다.

노애자(서울 보성여중 교사)

시 「아이들」을 보면 '아이들은 / 그대로가 금쪽 텃밭' 이라고 표현했습니다. 30년 동안 교단에서 자라나는 꿈나무들과 함께 그들의 꿈을 북돋우고 받쳐주는 징검다리로 살아왔습니다. 말 그대로 금쪽 텃밭에 꿈 심고 사랑 심고 희망 심으며, 그 가꿈과 일굼의 열정으로 그 씨앗을 움트게 하고 열매 맺기까지 보살피며…. 그러나 허다하게 많은 성급함과 나의 원숙하지 못한 선입견이 먼저 작용할까 조심히 일궈온 금쪽 텃밭! 이 시에 녹아있는 감동적 메시지로 잔잔한 심연에 뜨거운 파문이 입니다. 다시 일어나 남은 그날까지 아이들의 꿈을 일궈주는 농부가 되리라 다짐합니다.

박성연(서울 배화여중 교사)

「편애2」에서 '선생이 되면서 운명처럼 내게 빚진 아이들이 있다' 는 표현은 가르치는 입장에서 학생들을 어떻게 대해야 하는가를 돌이켜 생각해 보게 합니다. 먼저 나 자신의 행동을 올바르게 보지 못 한 채, 아이의 마음보다는 늘 잘못을 되풀이하는 아이의 행동만을 탓했던 제 자신을 반성하게 됩니다. 그리고 어리숙하고 인내심 없는 저를 스승으로 삼아준 아이들에게 참으로 고맙다는 생각이 듭니다.

강미(서울 방학중 교사)

이 시집을 보면서 늘 아이들과 생활해서인지 「아이들」이란 시가 가장 마음에 와 닿으며 「아이들」에서 '웃음을 던져주면 웃음꾼 되어 찾아온다' 라는 구절이 저를 오래도록 머물게 합니다. 교직에 첫 발을 내디뎠을 때 아이들의 마음은 온전히 나의 것이었습니다. 그때는 설렘과 두근거리는 마음으로 늘 아이들의 마음을 훔쳐보며 아이들의 표정과 나의 표정이 하나일 때 저는 행복했었습니다. 그러나 언제부턴가 바쁘게 살아가다보니 아이들의 표정에 그다지 관심을 보이지 않게 되었습니다. 제가 뿌린 대로 거두게 되는 교육의 참 진리를 잠시 잊은 듯 살아온 나 자신을 다시 한 번 되돌아보게 합니다. 교실에 웃음을 전파하여 모든 아이들이 활짝 웃을 수 있도록 웃음 전도사가 되어야겠습니다.

조미경(경북 문경 점촌초 교사)

이 시집을 읽으면서 가슴에 담고 싶은 부분이 있다면「소나기 오는 날에」 '소나기 오는 날에 / 아이들과 선생님은 / 빗속에서 춤을 춘다' 였습니다. 학교라는 작은 공간에서 선생님이 아이들과 함께 잘 어울려 소나기가 내리는 힘든 상황 속에서도 교육 목표를 달성해가는 모습을 '춤을 춘다.' 라고 표현하고 있습니다.

언젠가 우연히 라디오에서 듣고 감동을 받았던 '누군가 나를 필요로 하는 사람이 있다면 그 사람이 나를 쉽게 찾을 수 있는 곳에 내가 있어 주어야 한다.' 라는 말이 다시 생각납니다. 아이들이 저를 쉽게 찾을 수있는 위치에 제가 있어 주었나? 그들이 달려가는 길목에서 언제든지 안길 수 있도록 가슴을 열어두고 있었나를 반문하게 하는 시였습니다. 오늘은 19명의 아이들에게 따뜻한 말 한마디와 웃음을 아끼지 않아야겠습니다. 이정인(경북 상주 함창초 교사)

5월이 되면 나는 어떤 교사인가 하늘을 우러러 보며 생각합니다. 초년에는 열정은 있으나 방법이 적절하지 않았던 교사였고, 중년에는 방법은 세련되었으나 열정의 바닥을 바라보는 이는 아니었을까. 이런 저런 생각을 갖게 하는 교사의 마음을 위로하는 구절이 있었습니다.「선생님은 너희를 사랑한단다」에서 '음악시간 합창을 하듯 / 높은 소리 낮은 음성으로 / 미술시간 그림을 그리듯 / 곧은 숨결 둥근 마음으로 / 선생님은 너희를 사랑한단다.' 를 읽으면서 변하지 않는 교사의 진리를 보았습니다. 직선과 곡선으로 만나야

하는 아이들을 강하면 강한 대로, 약하면 약한 대로 그들을
보듬을 수 있고, 강한 아이, 약한 아이는 직선과 곡선으로
만날 수 있다는 사실이 새롭습니다. 고정이 아니라 변화가
가능하고, 그 변화 속에 희망이 있다는 사실이 교사의 긍지
가 됨을 또 한 번 느끼게 하였습니다.

정미선(서울 오륜중 교사)

　시 구절 하나하나에 선생님의 아이들에 대한 깊은 사랑
이 느껴집니다. 지금 즈음이면 아이들에게 넌더리도 나실
만도 한데, 오히려 선생님은 연륜과 함께 아이들에 대한 세
심한 사랑도 점점 풍성해지는 것 같습니다. 새롭기도 하고,
나도 저런 감정을 느낄 때가 있었나, 내 눈에 아이들이 저렇
게 예뻐 보일 때가 있었나 하며 잠시 제 자신을 돌아보았습
니다.

　특히 와닿았던 구절은 「아이들」에서 ‘그대로가 금쪽 텃
밭인 / 아이들’ 입니다. 한때, 마음으로 포기했던 녀석들. 뒤
뜰에 콩을 내다버리는 심정으로 팽개치고 무관심하게 대했
던 아이들이 몇 년 지난 뒤에 너무나 의젓한 모습으로 성숙
해져 돌아와서는 예전에 그렇게도 속을 끓여가며 야단쳤던
것들이, 또는 어쩌다 한마디 무심코 ‘잘했다’ 며 칭찬해주었
던 것들이, 자신들을 이렇게 성장시켰다며 감사해 한 적이
있었습니다.

　정말, 그 순간 우리는 아이들이 지금 당장 눈앞에서 어떤
모습일지라도 어떠한 경우에라도 포기하면 안 된다는 것

을, 끝까지 안고 가야 한다는 것을, 깨달았지요. 바로 그러한 심정을 선생님은 이렇게 간결한 언어로 표현해 내셨습니다. 이 외에 여러 많은 구절들에서 감동 받았습니다.

이효정(서울 배화여고 교사)

「호수」라는 시에서 '아이들이 도란거리는 / 교실을 가만히 들여다보라 / … / 호숫가 들여다보는 사람들아 / 뒷꿈치를 들고 가만가만 걸어라 / 뛰노는 물고기들 놀라지 않게'라는 부분이 특히 마음에 와 닿습니다. 저자의 아이들에 대한 사랑이 곳곳에서 드러나는 시들은 많이 있지만 호수를 들여다보는 사람의 깊고 깊은 사랑이 느껴지는, 어린아이를 바라보는 엄마의 눈에 가득한 사랑이 그대로 느껴지는 듯, 교사의 무한한 사랑을 볼 수 있어서 행복합니다.

세상이 어떻게 변하든, 교실 현장이 어떻게 변하든 학생을 귀하게 여기고 사랑의 눈길로 지켜주는 교사가 있는 한 우리의 학교는 영원히 행복하고 아름다운 곳이 될 것입니다. 저자의 시 한 줄 한 줄에 그대로 저자의 마음 한 줄기 한 줄기가 그대로 녹여져 있고 생활 속에서도 그대로 드러나는 선생님이 쓰신 글이라 더욱 깊은 울림으로 다가옵니다.

장혜숙(서울 대신중 교감)

졸업한 지 서른 해가 가깝도록 은사님께 연락을 못 드렸습니다. 가끔씩 생각은 났었지요. 그분의 그림자를 닮아 저 또한 교단에서 그분 닮은 모양으로 가르치고 있었답니다.

만나뵙지는 못했어도 올해는 꽃바구니를 보냈습니다. 통화도 했습니다. 그분의 기대와 믿음으로 교사가 되어 또 아이들을 만나고 있다는 것을 깨닫습니다. 교사는 '허물 벗는 직업' 같습니다. 벗고 벗어서 나중에 민둥산이 돼버려 끝내는 이름 석 자만 앨범 한 구석에 남는 직업을 가진 사람들입니다. 빛바랜 사진 한 장의 추억으로 남아 어떤 아이들에겐 의지가 되지만, 어떤 부모들의 입에는 '그 선생!' 이라는 평범한 그림자로 기억될 뿐입니다.

같은 학교에서 어언 20년을 같이 근무해온 '원시인 선생님' 은 아이들을 향한 사랑으로 늘 가슴 벅찬 푸른 청년교사요, 모교를 방문한 제자들에겐 친정아버지 같은 교사로 유명합니다. 아이들에게 항상 둘러싸여 있을 만큼 아이들도 좋아하고, 믿음이요 희망인 그 녀석들에게 먼저 손 내밀고 다독여 한 세월 뜨겁게 불태우며 살고 있습니다. 아마도 이 시집도 그런 부산물일 게 분명합니다. 팍팍한 현실에서 가르치고 있는 진행형의 이 과정 자체가 한 줄의 시의 소재가 되다니 대단히 부러운 일입니다. '호주머니 속 같은 이 시집 안에서 사람 사는 정을 느끼고 아이들의 해맑은 꿈을 이해하는 포근한 교사의 본분을 발견' 하니 몹시 흐뭇합니다.

고영순(서울 배화여중 교사)

시 「빛의 날개로 솟구쳐라」에서 '땅에서 바보 독수리도 / 하늘대왕으로 비상하듯 / 움추렸던 가슴 당당히 열고 / 빛의 날개로 솟구쳐라' 를 읽으면서 요즘 아이들 학교 공부와

학원 과외 때문에 기를 못 펴고 사는 것 같아 안타까운 생각
이 듭니다. 밤늦게까지 학원에서 시달리고 아침이면 꾸벅꾸
벅 잠을 청하며 꿈속에서 꿈을 찾는 우리반 아이들에게 말
해주고 싶은 구절입니다. 자신감을 찾아주는 학원이 있으면
아마 그 학원은 대박날 것입니다. 지금은 비록 바보처럼 보
이지만 당당히 가슴을 열고 빛의 날개로 솟구쳐 오르면 아
이들은 '하늘 대왕 독수리' 가 될 것이라는 꿈을 주는 교사
가 되고 싶습니다. 　　　　　　　전삼현(경기 안양부흥중 교사)

　천생 스승님의 마음속 목소리! 스승님의 자리는 아무나
차지하는 것이 아닙니다. 세상이 이상하게 변하여 선생은
흔하고 스승은 드뭅니다. 월급쟁이 교사만 남고 스승다운
교사는 점차 사라지고 있습니다. 그래도 스승의 호칭을 들
을 수 있는 분들이 계시기에 우리 교육은 버티어나가고 있
는 게 아닐까 생각합니다. 신호현 선생님의 시에는 '표면적
인 외침이 아닌 마음 저 깊은 곳의 진솔한 소리' 가 들립니
다. 원시인이 되어 정원을 가꾸는 정원사의 모습. 아이들의
잘못을 저어하여 악몽을 꾸는 모습들이 그림으로 그려집니
다. 호수요, 산인 아이들을 염려하여 애태우는 시간마다 사
랑이 듬뿍 묻어나오는 시입니다. 신호현 선생님의 시는 '천
상('천생' 의 사투리) 스승' 임을 나타내고 있습니다.
　　　　　　　　　　　　　　　이석민(서울 성덕여중 교사)

교단에서 학생들을 바라보면서 학생들은 미성숙하고 모자라기에 늘 끌고 가고 만들어가 주어야 한다고 생각하였습니다. 「산」은 이런 저에게 작지만 여운이 오래가는 울림을 주었습니다. '강물은 흐르고 흘러 / 높은 산에서 낮은 산으로 / 온 땅 더듬으며 바다로 간다 / 너희 산들을 믿어 바다로 간다' 제 자신이 학생들을 끌고 가고 만들어 간다고 생각은, 어쩌면 학생들을 사랑한다는 미명 아래 우리 학생들의 다양한 가능성과 든든한 미래를 애써 바라보지 않으려 한 저의 이면이었던 것 같습니다.

제가 그리고 우리가 할 일은 학생들의 다양한 가능성과 든든한 미래에 풍부한 물을 붓고, 그 흙의 기운을 북돋아 주는 일일 것입니다. 시집을 덮으며, '우리 학생들의 푸르름과 든든함을 언제나 긍정하며 조용히 한 발자국 앞에서 한 발자국 뒤에서 나아가는 모습' 이 진정 제게 필요하다는 울림을 가슴에 담습니다. 그리고 조용히 옷깃을 여밉니다.

김상헌(서울 오산중 교사)

별로 풍족할 것이 없는 대학시절 늘 자신에 차있는 모습이 신기했던 한 청년이 있었습니다. 지금 생각해도 놀라운 것은 요즘 베스트셀러가 되는 자기 계발서에 나올 법한 비전과 풋풋한 꿈을 가진 청년이었습니다. '현재의 내 모습은 과거의 내가 있었기 때문이고 난 비전이 있어 오늘의 현실을 뛰어 넘을 수 있다.' 는 것이었습니다. 그런데 그 시절 그 얘기가 25년 지난 지금도 '친구' 라는 이름으로 계속 들려오고 있습니다.

　네 번째 시집이라지만 첫 시집과 같이 생동감이 넘칩니다. 그의 「서사시(序師詩)」에서 '두어 평 남짓 / 푸른 초장에 누워 / 열심히 언어의 풀을 뜯는 / 너희의 펼쳐진 미래 바라보며 / 가슴깊이 우러나는 기쁨 누리노라' 비단 '원시인' 선생님만의 꿈이겠는가마는 세월이 흘러도 원시인은 한결같습니다. 신호현 시인은 꿈이 있어 가슴 뛰는 청년입니다.

강영미(경기 안양 신안초 교사)

　어린 시절, 그것은 아름다운 꿈이 되어 항시 우리들 마음에 남아 있습니다. 신호현 시인의 시는 우리 교사들에게 아주 소박하고 천진스런 언어로 아름답고 소중한 기억을 회상시켜 줍니다. 그래서 시인의 시에는 찬란하고 현란한 빤짝임보다는 내밀하게 촉촉이 스며드는 부드러움과 편안한 서정성이 자리하고 있습니다.

　세 번째 시집 『아가야, 사랑해!』에서 자식을 끔찍이 생각하는 부모로서의 모습과 여기 『선생님은 너희를 사랑한단다』에서 영원한 교육자로서의 애정어린 사랑의 눈빛이 곁들여짐을 알 수 있습니다. 그래서 신 시인의 시에는 희망을 노래하는 무명가수의 자기수용적인 여유와 만족의 울림이 메아리치고 있습니다.

　신 시인의 초등학교 3학년 담임으로서 어렸을 적 꿈과 추억들을 소중히 챙겨 속마음에 담는 동안 곁에 있었던 나로서 더 많이 도와주지 못한 아쉬움이 남습니다. 그 때로 다시 돌아간다면 더 잘 보듬어 줄 수 있을 텐데….

하지만 지난 후에 돌아보면 또 다른 아쉬움이 남아 있겠
죠. 우리들의 어린 시절은 아무리 해도 조금은 아쉽고 그립
고 미진함이 있기에 말입니다. 우리의 마음을 맑게 해주는
아름다운 글을 선사해 준 신호현 시인에게 감사의 마음을
전합니다.　　　　　　　　　　　　이부일(인천 서구 당하초 교사)

원시인의 외양에서 느껴지는 포근함과 편안함은 그의 영
혼에서 배어나온 것이라서 함께 대화를 나누고 나면 해묵은
근심마저도 잊어버리게 됩니다. 강산이 두 번 변하고도 남
는 세월을 교단에 섰으면서도 마치 '이제 막 첫걸음을 내딛
는 교사처럼 맑고 곧은 그의 마음이 담긴 시' 들을 읽다 보
면 입시 교육에 길들여지고 지친 자신을 돌아볼 수 있어 부
끄러우면서도 행복한 마음을 느끼게 됩니다.
　원시인의 시를 읽으며 그의 「소명(召命)」처럼 '환한 웃음
/ 밝은 미래 / 활짝 열어줄 수 있는' 선생님으로 '정수리에
/ 작은 불꽃 피워 / 너희 앞길 밝히는' 하루하루를 살아야겠
다고 다짐을 해봅니다.　　　　　　　　오지수(경기 군포고 교사)

신 선생님의 시는 꿈틀꿈틀 살아 있습니다. 읽고 난 후에
도 나의 가슴 속에 벅찬 감동으로 남게 됩니다. 어쩌면 표현
하나하나 가슴속에 그리 와 닿는지요. 시를 읽으며 나도 모
르게 시의 그 상황 속으로 빠져버립니다.
　시 「교무실에서」에서 아이들한테 받은 뻬에로 포장 속에
있는 강냉이의 모습을 너무나 재미있게 표현했습니다. '구
슬처럼 부서진 강냉이가 우르르 / 구수한 내 유년의 추억을

몰고 나온다' 이 부분에서 35년 전 이천 단월초 첫 부임지에 근무했을 때 한 제자가 부끄럽게 건네준 노오란 강냉이의 모습이 되살아납니다. 그때 옥수수가 어쩌면 그렇게 맛이 있었는지…. 이 시를 통해 강냉이의 추억이 필름처럼 생생하게 펼쳐집니다. 최혜실(경기 前 단월초 교사)

「맘껏 세상」이라는 시를 읽으면서 첫 담임을 맡았던 아이들이 생각났습니다. 신규 발령을 받고 난 이듬해, '우리 반' 아이들이 있다는 설렘으로 잠을 설치던 밤. 그리고 내 인생에 너무도 소중한 우리 아이들을 만났습니다. 여름방학이 시작되던 날, 우리 모두의 이름이 적힌 반티를 입고 떠난 대성리! 함께 물놀이를 하고 고기도 구워먹고, 밤새 도란도란 얘기도 나누었던 그 아이들은 조금씩 낯선 얼굴을 하고 지금도 종종 저에게 옵니다. 이 시를 읽으니 그 때 대성리의 밤이 흐뭇하게 떠오르네요. '밤샘 야영하며 스스로 일어서는 너희들아 맘껏 먹고 맘껏 크거라'

정수현(서울 장평중 교사)

담임 맡은 학급의 1학기말 성적표의 가정통신문(쫑알쫑알)을 아이들 각자의 이름을 넣어 시로 썼다는 말에 감동했습니다. 이 시집을 읽어보니 초임부터 지금까지 아이들을 향한 넘치는 사랑의 마음을 알 수 있었습니다.

특히 「등산」이라는 시에서 '소나무, 참나무, 아카시아' 같이 다양한 아이들에 대한 포용의 마음과 교사로서의 헌신을 느낄 수 있어서 좋았습니다. "나무 하나 어루만질 때마다 / 가슴 속에 벅차오는 설레임 / 산에 오르길 잘했구나"라는 구절은 선생님들의 아이들을 향한 마음을 잘 표현하고 있습니다. 원시인 선생님의 밝은 에너지로 아이들을 물들여 그들이 자신의 재능을 발휘하게 되기를 기원합니다.

박윤경(서울 정의여고 교사)

「소명」의 '부끄러운 몸짓으로 / 환한 웃음 / 밝은 미래 / 활짝 열어줄 수 있다면 // 내 정수리에 / 작은 불꽃 피워 / 너의 앞길 밝히리' 외에도 대부분의 시에서 참 교사로서의 아이들에 대한 절절한 사랑이 느껴지고, 「훈계(1, 2, 3)」에서는 교사로서의 자신을 돌아보는 진솔한 마음이 느껴집니다. 「채점을 하며」에서는 교육현장에서 일어나는 갖가지 문제 상황들을 정제하여 적절하게 표현하여 공감대를 이끌어내고 있습니다.

원시인 신호현 선생님의 시를 읽다 보면, "맞아, 이런 때는 이런 심정이었고, 저런 때는 저런 심정이었지. 이렇게 표현할 수도 있구나."하는 감탄이 절로 나옵니다. 교사로서 겪게 되는 여러 가지 공통적인 상황들을 이렇게 아름답게, 그것도 쉬운 언어들로 친근하게 표현된 시들은 어느새 30여년의 교직 생활을 지켜온 나를 스스로 돌아보게 합니다. 남은 교직 생활 속에 만나는 아이들이 더욱 소중하게 다가옵니다.

심미경(서울 청량중 교사)

이 시대 교육의 어려운 현실 속에서도 말썽꾸러기 아이들을 시 「나는 너에게」에서 '명검으로 만들고자 하노라' 라는 부분이 감동적이었습니다. 또 이어서 '유리처럼 부서지는 아픔도 지나면 / 가슴에 남아 보석처럼 빛나리니 / 빛나는 것은 모두 아름다움이 되리라' 라는 부분에서 선생님과 학생으로 함께 하는 잠시의 시간도 지나고 나면 가슴에 남아 빛나게 될 것이라신 구절이 가슴에 와 닿습니다.

요사이 저희 딸 이쁜이가 힘을 좀 내서 기쁩니다. 학교생활에 잘 적응하기에 초조와 긴장보다는 믿고 기도하며 웃어 넘깁니다. 지난 상담 때 깊은 관심과 사랑을 주라 하셨지요. 선생님 말씀대로 관심과 사랑이 싫지 않은 모양입니다. 저희 이쁜이는 아프게 한만큼 더 깊진 제자가 될 것이라 믿습니다.
민정재(서울 배화여중 학부모)

「악몽」이란 시를 읽고 마지막 구절에서 "피식" 웃음이 납니다. 그러고 보니 저도 학창시절 시험 보는 악몽에 시달리던 때가 있었으니까요. 아무리 읽어도 답은 보이지 않고 머릿속이 미로처럼 복잡해져 답안지는 아무리 채워도 백지인데, 마침내 종이 쳐버리는…. 요즈음도 가끔 머리가 복잡해지는 일이 있으면 그 시절 그 꿈을 꿉니다. '어릴 적 악몽

이 지금의 일상에 투영되는 게 아닐까? 라는 생각을 하게
한 시였습니다.   임인선(서울 배화여중 학부모)

　「선생님 당신은(2)」에서 '번잡한 무리 용서하시는 당신 /
비평하여 상처주지 않으며 / 깊은 배려로 깨달음 주고' 요
즘 우리 아이들이 선생님을 많이 힘들게 합니다. 이 시를 읽
으면서 마음 속 깊이 '선생님' 이란 단어를 각인시킵니다.
참사랑으로 깨닫게 하고 감싸 안아 주시는 당신은 참스승이
십니다. 선생님 은혜에 감사드립니다.

　　　　　　　　　　　　박윤재(서울 원묵중 학부모)

　「아이들」에서 '말 그대로 아이들인 아이들' 자녀를 기르
는 부모에게도, 학생을 가르치는 선생님의 시선에도, 정말
정겹고 따뜻하게 느껴지는 단어, 아이들입니다. 흔히 '요즘
아이들은….' 이라는 서두에 이어 그 뒤를 따라 별로 좋지
않은 말이 서술되기도 하지만 저는 아이들이란 말이 참 좋
습니다.
　그런데 시인은 그 아이들을 정말로 사랑하고 그 순수함
과 가능성의 깊이를 한층 더 끌어 낼 수 있는 마음을 가졌다
는 생각이 들었습니다. '아이들은 그대로가 금쪽 텃밭… /
사랑을 심으면 백 배의 사랑이 열리는… / 웃음을 던져 주면
웃음꾼 되어 찾아온다' 아이들을 있는 그대로 인정해 주고
무한한 가능성을 심어주는 좋은 선생님. 시에서는 '거름을
주지 않아도, 물을 뿌리지 않아도' 라고 쓰여 있지만 이미 충

분한 거름과 물이 되어 주시는 좋은 선생님을 둔 아이들의
마냥 행복해 하는 모습이 눈에 선하게 그려집니다.

오지은(서울 배화여중 학부모)

「맘껏 세상」에서 '밤샘이야기도… / 한 담요로 영화도…
/ 삼층밥도… / 반찬투정 안 하는 너희 / 맘껏 먹고 맘껏 크
거라' 잠시 일상을 떠나 야영을 하는 모습에서 늘 시처럼
해주고 싶은 선생님과 부모의 마음이 느껴져 좋았습니다.
아이들이 진정한 자유를 만끽할 수 있는 '맘껏 세상' 이 매
일이었으면 좋겠습니다.

김현하(서울 배화여중 학부모)

「그대 지쳤는가」 얼마 전 앨범에서 나의 중학교 시절의
사진을 보았습니다. 지금 딸아이의 나이와 똑같은 여중시절
의 사진. 참 많이도 닮은 외모에 새삼 입가에 미소가 지어졌
는데…. 이 시를 보니 그 사진을 보며 느꼈던 아련한 기억이
한층 되살아나네요. '그대 졸업하여 발자욱 지워진 / 중학
교 운동장에 서 보라' 이 구절을 읽을 때 타임머신을 탄 듯
그 때의 시절이 확 다가왔습니다. '꿈틀거리던 사춘기…'
정말 꿈틀거리던 사춘기가 원대한 꿈을 만들어 갈 것 같은
이 구절에서 나의 중학교 시절의 사춘기와 꿈을 되찾아 보
고픈 마음이 가득해졌습니다.   오지은(서울 배화여중 학부모)

「원시인」이라는 시는 신선한 충격을 줍니다. 시에서 비유가 굉장히 잘 되어 있고, 재미있게 읽을 수 있습니다.
임효정(서울 배화여중 학부모)

「등산」이란 시를 읽다보면 씩씩한 선생님의 발걸음과 소녀들의 재잘거림이 눈에 선합니다. 그러다 '산에 오르길 잘했구나' 라는 구절에서는 눈물이 핑 돕니다. 오늘은 그 옛날 은사님께 전화 안부라도 여쭈어야겠습니다. 우리 선생님도 '산에 오르길 잘했다.' 라는 생각이 드시도록….
김소희(서울 배화여중 학부모)

「정원사」에서 '햇병아리 같은 / 너희 맞아 함께 나누는 / 튼실한 정원사가 되리라.' 아이들을 사랑하는 선생님의 마음이 고스란히 느껴집니다.　　송명숙(서울 배화여중 학부모)

요즘 교육에 아직도 이런 맘을 가지고 교직에 임하시는 분을 접하니 숙연해지기까지 합니다. 개인적으로 「우리반에서 만나는 동안」은 쉽고 간단하지만 그 속에 내포하는 조용한 가르침은 많은 의미를 주는 '너무 착한 시' 입니다.

그 많은 꽃 중에 '지지 않는 선인장도 피우고 / 더디 피는 대나무도 피우고' 이 구절은 각기 다른 개성의 아이들 하나하나 놓지 않고 함께 가려는 의지까지 강하게 느껴집니다. 소가 되새김하듯 자꾸 되새겨지는 이 시는 왠지 매력 있네요. 좋은 시 감사합니다.
배미정(의정부 경민중 학부모)

「그대 지쳤는가」를 읽고 학창시절이 생각났습니다. 그 시절로 돌아갈 수 있다면 그 때 보다 많은 꿈과 행복을 찾기 위해 좀 더 많은 노력과 고민을 할 수도 있었을까? 지금 이 순간순간이 얼마나 소중하고 행복한 시간이라는 것을 깨닫게 하기 위해 우리 아이들에게도 이 시를 추천해 보아야지! 아이들이 이 시를 읽고 무엇을 생각했을까? 한번 이야기를 나누어 봐야겠습니다! 좋은 시간이었습니다.

감순재(서울 원묵중 학부모)

시를 그저 막연하게 어렵고 이해하기 힘든 글이라고만 생각했습니다. '내 생각도 정리하고 이해하기 힘든데 어찌 남의 생각을 이해할 수 있으리.' 하며…. 시를 향한 나의 마음을 열어준 「목마른 사랑」. '나이를 먹을수록 / 수채화는 선명히 그려지는데 / 까까머리 꼬맹이였던 내가 / 이만큼 커버렸다는 사실을 / 선생님은 알고나 계실까' 이 마지막 연을 읽으며 그 시절이 사무치도록 그리워짐에 '바로 이게 '시(詩)' 구나.' 하며 시인의 마음이 그대로 내가 됩니다. 또한 시를 낭송하는 시인들의 열정이 고스란히 전해져오는 변화도 경험해 봅니다.

최미경(서울 배화여중 학부모)

「산」에서 '강물은 흐르고 흘러 / 너희 산들을 믿어 바다로 간다.' 두 아이를 키우는 40대 어머니입니다. 가슴 속에 뜨거운 것이 목을 메이게 하고 코끝이 찌릿해집니다. 아이들의 다름을 인정하면서도 문득 문득, 앞서가지 않는 아이들에게 속상해 하며 실망하기도 하는 저 자신을 돌아보게 되며 그런 제 자신이 부끄럽습니다. '올바르게 사고하고 양심에 따라 행동하는 서로 살리는 일'을 하는 이 시대의 나무산으로 키워내겠습니다. 우리의 희망인 아이들을 믿어볼랍니다. 우리의 희망인 아이들을 잘 키워볼랍니다.

김금해(서울 태랑중 학부모)

「빛의 날개로 솟구쳐라」에서 '낮엔 태양의 정열로 약동하고 / 밤엔 별빛의 소망으로 정진하며 / 하루하루 꽃피우는 너희들아 / 고진감래의 영광을 맛보거라.' 여기 힘이 넘치는 구절 속에서 저의 중학교 2학년 담임선생님을 사무치게 그립게 하는…. 박동감 넘치는 이 구절은 내 아이와 내게 큰 힘으로 다가옵니다.

유경미(서울 원묵중 학부모)

바쁘고 정신없는 학창시절이 지나고 나서야 그 시절의 소중함을 깨닫게 됩니다. 교실에서 펼쳐지는 다이나믹한 세상은 선생님의 열정과 아이들의 순수함이 어우러져 한 폭의 멋진 그림으로 추억 속에 남게 됩니다. 시집을 읽으면서 나의 인생의 지표가 되셨던 중학교, 고등학교, 대학 시절의 은사님들이 떠오르게 됩니다. 다시 한번 선생님의 노고에 고마움과 감사를 드립니다.

작은 시집 속에는 아이들의 번민, 고뇌, 즐거움, 희망 등이 담겨져 있습니다. 특히 「맘껏 세상」에서는 사춘기 아이들의 억제된 욕망을 잘 표현하고 있으며, 마음을 시원하게 표출함으로써 작은 일탈을 꿈꾸게 됩니다. 아이들은 이 시를 통해 마음의 위안이 될 것입니다. 황혜미(서울 배화여중 학부모)

「그대 지쳤는가」라는 시를 읽으며 무한경쟁 시대인 현대에 지쳐 있는 나를 느낄 수 있었고, 꿈 많았던 중학교 시절이 떠오릅니다. 중학교 시절은 세상을 아주 조금씩 알기 시작하는 때이고, 꿈을 아주 많이 꿀 수 있는 때인 것 같습니다. 중학생 아이와 함께 이 시를 읽으며 내 중학교 시절의 꿈을 얘기할 수 있어 좋았고, 지금의 아빠 마음을 시를 통해 아이와 함께 얘기 할 수 있어 좋았습니다.

많은 희망을 꿈꿀 수 있는 중학생 우리 아이에게, 꿈꿀 수 있을 때 많은 꿈을 꾸고, 그 꿈을 이루어지는 기초를 다지는 시기가 지금 중학교 다닐 때라고 말해 주었습니다. 이 시를 통해 부모가 중학교 시절을 떠올리며, 중학생 아이와 함께 읽고, 또 함께 꿈을 얘기해 보면 좋겠습니다. 중학교 운동장 한 가운데 서서, 나의 꿈을 떠올리며 삶을 다시 생각해 봐야겠습니다.

김헌준(서울 배화여중 학부모)

처음 읽었을 때는 다소 재미있는 시라는 느낌이었는데 몇 번을 반복해 읽을수록 여러 가지를 생각하게 만드는 시가 「악몽」이었습니다. 시험이란 것이 그걸 치르는 선생님의 입장과 학생의 입장에서 결국에는 별다를 것이 없는, 비슷한 정도의 스트레스로 양쪽 모두의 악몽 유발인자라는 사실이 참 슬펐습니다.

사실 저도 40대 중반이 넘어가는 이 나이까지도 때때로 시험 보는 꿈을 꿀 때가 있거든요. 꿈에서조차 시험은 사람을 불안하고 초조하고 긴장되는 만들던데…. 시험이 악몽이

라는 것을 아시는 선생님은 아이들에게 참 좋은 분일 것 같
아요. 악몽을 꾸는 아이들을 따뜻하게 안아주실 테니까요.
이런 선생님들이 계신다는 것에 마음이 놓인답니다. 학부모
의 한 사람으로써….   심수경(안양 평촌중 학부모)

　　신호현 선생님의 시집을 읽고, 갑자기 가르친다는 것이
얼마나 감사하고 귀한 일인지 새삼 깨닫게 되었답니다. 아
름다운 시 감사합니다.   이미정(서울 홍은초 학부모)

　　정원사가 정원을 아름답게 가꾸기 위해 고민하듯 이 어
린 아이들을 바르고 착하게 키우려는 올바른 선생님의 고뇌
를 짐작케 합니다. 아울러 선생님의 아이들과 교육에 대한
이상적인 세상과 현실과의 괴리에 의한 어려움도 곳곳에서
토로하고 있는 듯하여, 우리나라 교육현실의 단면을 보는
듯하여, 서글픈 마음 또한 아니 들 수 없게 합니다.
　　교육은 백년지대계(百年之大計)라 했는데 고민 없이 3자
적인 태도로 임하는 선생님과 학부모가 어디 있겠습니까?
부디 '아이들의 꿈을 키우기 위해 최선의 노력을 다하는 선
생님과 같이 본래의 모습을 찾으려고 노력하는 사람들이 더
욱 많아지게 되면 좋겠다.' 는 생각을 해봅니다.

                          정혜숙(서울 난우중 학부모)

　　원시인의 시에서 전달되는 마음은 매우 단순하고 명료합
니다. 참으로 강박하고 슬픈 우리 현실 속에서 아이들을 진

정한 사랑으로 대해줄 수 있는 업을 갖는다는 것은 축복입
니다. 작은 웃음, 작은 소망을 발견하고 꽃 피우려고 시와
눈물로 물을 주시는 선생님.

　「너희들에게(2)」에서 '최선을 다하며 스스로 책임을 지
는 반 / 믿음과 사랑이 충만하여 기쁜 반' 그런 반에는 참
자유가 있습니다. 책임으로부터 자유로운 것이 아니라, 누
군가를 위하여 스스로 헌신할 수 있는 자유 말입니다. 세속
적인 세상 속에서 충만한 삶의 현장을 꿈꾸시는 선생님의
모습이 아름답습니다.　　　　　최주리(서울 배화여중 학부모)

　항상 아이들에 대한 열정과 교사를 천직으로 자랑스럽게
생각하심이 시 한편 한편에 잘 나타나 있습니다. 시「그림
그리기」에서 '하양색 순수의 도화지에 / 노랑색 희망과 /
빨강색 열정과 / 파랑색 겸손을 / 마구마구 칠했다' 는 구절
이 가슴에 남습니다. 열심히 아이들을 가르치면서 당당히
서는 선생님 자신의 모습이라 할 수 있습니다.

　시「가지치기」를 읽으며 학부모의 한 사람으로서 학교에
불신을 가지고 지나치게 간섭하고 '감 놔라 배 놔라' 하며
자녀를 과잉보호하는 모습이 드러납니다. 그리고 그 학부모
가 혹시 나의 모습이 아닌가 돌아보게 합니다. 내 아이만 잘
되길 바랐는데 '그대 솟는 욕심을 접어 / 정원사에게 맡기
라' 를 읽고 '경쟁' 과 '평가' 가 아닌 '사랑과 신뢰의 교육'
선생님들께 맡기렵니다.　　　　　신옥현(서울 발산초 학부모)

학생들의 시편

　영영 끝나지만 않을 것 같던 코 찔찔이 초등학교 생활이 끝나고, 중학교에 입학한지도 벌써 2년째. 몸이 자라난 만큼 내 생각의 창도 점점 자라났고, 그만큼 고민거리도 많아졌습니다. 그 중 가장 큰 고민은 꿈이 없다는 것입니다. 하고 싶은 일은 분명히 있는데, 그것이 무엇인지 잘 몰라 참 많이 혼란스럽기도 했습니다. 그 때 저에게 깨달음을 선물해준 시 한편을 만나게 되었습니다.「그림 그리기」라는 시입니다.

　저는 이 시를 읽고 정말 놀랐습니다. 시 속에서 '붓'은 꼭 나를 대신해 주는 것만 같았기 때문입니다. '아름다운 세상을 그리려다 지쳐 쓰러진 붓'. 나 또한 역시 너무 많은 욕심을 부리려다 정작 내가 진정으로 원하는 것을 찾지 못한 채, 지쳐 쓰러진 것이 아닐까 싶습니다. '핑크빛 미소, 초록빛 행복, 노란빛 희망, 빨간빛 열정, 파란빛 겸손'을 전하는 붓처럼 저도 사람들에게 미소와 행복, 희망과 열정, 그리고 겸손을 전달하는 사람이 되었으면 좋겠습니다.

　이와 더불어 이 시 한 편과 함께 꿈꾸지 못하는 사람들에게 한 줄기에 빛 같은 소중한 꿈 역시도 같이 전달되었으면 하는 바람입니다. 시 한편을 읽고 저는 감동 이상의 깨달음이라는 선물을 전달 받게 되었습니다. 이 소중한 선물을 혼자 간직하기에는 너무 아깝다는 생각이 듭니다. 산타할아버지께서 올 크리스마스에는 이 값진 선물을 저 말고 다른 아이들에게 전달해 주셨으면 좋겠다는 마음이 듭니다. 왠지 산타할아버지께서는 저 먼 과거에서 타임머신을 타고 온 원시인을 닮았을 것 같네요.　　　　　고연주(서울 배화여중)

영원할 것만 같았던 중학교 생활을 끝내고 고등학교를 입학한지 벌써 2달이 지났습니다. 새로운 환경, 새로운 친구들 사이에 중학교 생활에 대한 그리움이 없었다면 그것은 거짓말이겠죠. 「우리 반에서 만나는 동안」이라는 시에서 '서로서로에게 물 주면서 / 서로서로에게 기도하면서 / 지지 않는 선인장도 꽃피우고 / 더디 피는 대나무꽃도 피우자 / 세상 밝힐 꽃을 피우자 / 우리 반에서 만나는 동안' 이라는 구절을 읽고 가슴이 두근거렸습니다. 웃음보다는 눈물이 많았던 중3 시절 저에게 힘이 되어주던 친구들과 마음속에 기둥이 되어 주시던 선생님이 떠올랐습니다. 이 구절을 읽고 이제는 제가 친구들을 도와야겠다고 느낍니다. 조금 더 따뜻한 사람이 되어야겠다고 느낍니다.

　　　　　박순주(서울 계성여고)

시 「그대 지쳤는가」에서 나오는 '그대'가 마치 저의 미래 모습일 것 같은 생각이 들게 했던 시였습니다. 우리 모두에게 학창시절에 순수하던 꿈은 어른이 되어 아무 소용도 없게 되는 것이 아닌가 생각되었습니다. 사람들의 욕심을 보물찾기에 비유하신 것이 가장 인상적 이었습니다.

점수를 따기 위해 허우적거리다 어른이 되면 돈을 벌려고 허우적거릴 것 같아 마음이 아픕니다. 그 때 힘들게 인생을 살아가다가 지쳐 이 시를 보게 된다면 자신의 현재의 모습에 대해 뒤돌아보며 반성할 수 있는 시인 것 같습니다. 우리가 쫓고 있는 것들을 조금만 내려놓는다면 우리의 인생은 한결 편하고 가벼워질 것이라는 메시지를 받을 수 있었습니다.

박소연(서울 배화여중)

중학교에 입학이 엊그제 같은데 어느 새 나름 선배노릇을 하고 있고 더 많은 친구들을 사귀게 되었습니다. 학교에 점점 익숙해지는 저에게 「나는 너에게」라는 시의 '나는 선생님으로 / 당당한 삶을 가르치리라. / 참다운 자유를 가르치리라. / 최선의 노력을 가르치리라.' 라는 구절은 스스로를 돌아볼 수 있는 말이었습니다. 점점 익숙해지고 친해지고 편해지는 선생님이라고 너무 막대한 것은 아닐까, 선생님은 우리를 위해 애쓰시고 수고해 주시는데 우리가 선생님을 대하는 태도는 전혀 그렇지 않다고 느꼈습니다. 갈수록 선생님들을 힘들게 하는 세상에서 이 구절은 저에게 선생님의 수고로움과 은혜로움을 다시 한 번 더 느끼게 해줍니다.

동희진(서울 배화여중)

「선생님의 너희를 사랑한단다」라는 시를 읽으니 눈가에

이슬이 촉촉이 맺힙니다. 모든 선생님의 마음을 대변하고 있는 시 같습니다. 진정으로 우리를 사랑해주시는 선생님의 마음. 특히, '너희 해맑은 웃음꽃 먹고 사는 / 우리에겐 부귀영화도 헛된 꿈' 이라는 구절은 세상의 어떤 부귀영화보다도 교단 위에서 예쁜 우리들의 모습을 보며 하루하루를 살아가는 것이 행복하다고 느끼시는 선생님의 마음이 전해집니다. 저희는 그런 선생님의 마음을 깨닫지 못했습니다. 수업시간에 떠들고, 친구들과 장난치고, 치고 박고 싸웠습니다. 이런 저희들 모습을 보며 선생님께서는 어떤 마음이 드셨을까요? 뒤늦은 후회를 해봅니다.   오재호(서울 대신중)

초등학교를 졸업한지가 언제인지. 20년 후의 꿈을 이야기하며 헤어진 친구들, 너희가 스무 살이 돼서 찾아와도 다 기억하시겠다던 담임선생님. 까마득하기만 합니다. 「목마른 사랑」에 '나이를 먹을수록 / 수채화는 선명히 그려지는데 / 까까머리 꼬맹이였던 내가 / 이만큼 커버렸다는 사실을 / 선생님은 알고나 계실까' 라는 구절이 있습니다. 저 역시도 '그때 그 선생님께서는 내가 이만큼 컸다는 사실을 아실까' 라는 생각을 하며 그 선생님에 대한 그리움을 느낍니다.
김미래(서울 휘경여고)

자신이 정말로 좋아하는 것, 하고 싶은 것, 되고 싶은 것을 찾기 위해 많은 '고민의 길' 을 떠나는 우리들에게 선생님이라는 존재는 든든한 버팀목이자 고민 해결 마술사입니다. 「선생님은 너희를 사랑한단다」라는 시 속의 '두어 평 남짓 푸른 초장에 누워 / 열심히 풀을 뜯는 너희를 보며 / 너희와 함께 키우는 소망' 이라는 구절에서 저희를 향한 선생님들의 소중한 바람과 따듯한 믿음이 느껴집니다. 자신의 진로를 찾기 위하여 '고민의 길' 로 여행을 떠나는 저희들이 잠시 머물렀던 '교실' 이라는 공간을 '푸른 초장' 으로 변신시키는 마술사 같은 선생님들께 진심으로 감사드립니다.

든든한 버팀목이자 고민 해결 마술사인 선생님들과의 만남을 소중히 여기며, 학교에 '푸른 초장' 에 머무는 동안 '고민의 길' 을 '꿈을 향한 시작의 길' 로 만들 수 있도록 열심히 풀을 뜯는, 최선을 다하겠다고 다짐해 봅니다.

이정우(서울 배화여중)

시험이 반복되는 갑갑한 생활에 저만의 꿈과 목표는 조금 잊혀졌던 것이 사실이었습니다. 「빛의 날개로 솟구처라」라는 시에서 '세상은 고요하게 용솟음치듯 / 역사의 물결 타고 춤추는 이상 / 웅비하는 젊음의 자유로 / 온 세상을 노래하라 외처라' 라는 구절을 읽고 제 꿈과 목표를 향한 열정이 다시금 불타오르기 시작하였습니다. 시를 통한 선생님의 가르침처럼 앞으로도 목표를 향해 열심히 노력해야겠다는 생각이 듭니다.

조소영(서울 배화여중)

학교에서 매일을 생활하다 보면 '왜 선생님은 저 아이만 유독 예뻐하실까? 하는 생각에 아무 말 없이 입술만 삐죽이 내미는 경우가 종종 있습니다. 질투 어린 마음에 다른 아이에게 티끌만큼의 관심이라도 더 보여주시면 선생님을 미워

하고 툴툴대는 경우도 다반사입니다. 하루하루 반복되어가는 이런 나날들 속에서 「편애」라는 시는 저에게 새로운 생각을 가질 수 있도록 만들어 주었습니다. '그들을 누구보다 / 더 깊이 사랑해야 / 풀어지는 인연' 이라는 구절을 읽고 저는 느낄 수 있었습니다.

선생님들께서는 '몇몇 아이들만을 특별히 사랑하고 아껴주시는 것이 아니라 그들과의 관계를 유하게 만들고자 노력하시는 것이구나.' 하는 것을 말입니다. 타인의 마음을 생각도 해 보기 전에 투덜대는 것보다는 그들이 어떤 생각을 가지고 어떤 노력을 하는지에 대하여 한 번 더 이해하는 자세를 가질 수 있는 사람이 되어야겠다고 되새겨봅니다.

최홍비(안양 비산중)

깨나 따가워진 햇볕이 내리쬐는 이 여름, 새삼 선생님께서 우리를 생각하시는 마음에 감동을 받았습니다. 항상 우리를 사랑스러운 눈길로 바라봐주시고, 바른 길로 지도 해 주시고, 잘 되기를 걱정해 주시는 그분들의 마음은 참으로 어버이와 다름이 없지 않을까요.

다만 아쉬운 것은 우리가 아직 철이 없고 부족하여 그분들의 마음을 좀 더 일찍 깨달을 수 없다는 것이다. 비가 오나 눈이오나 항상 우리를 걱정해 주시고 생각해 주시며 우리에게 사랑을 아끼시지 않는 선생님의 바다와도 같은 마음에 끝없는 감사를 표하고 싶습니다. 선생님, 감사합니다.

강주은(서울 배화여중)

저는 개인적으로「악몽」이라는 시가 재미있었습니다. 제 생각에는 시라는 것이 한 구절, 한 구절의 화려함과 깊음이 아닌 전체의 조화라고 생각합니다. '악몽' 이라는 소재도, 현실감과 공감이 느껴지는 시 내용도, 독자인 제가 뭔가 저자의 스트레스와 압박감 등을 실감나게 느낄 수가 있었습니다.

진짜 악몽인지는 모르겠지만, 저도 이렇게 바쁘고 복잡할 때 이러한 악몽을 꾸곤 해서 저도 저자의 감정을 느낄 수가 있었습니다. 일기 느낌이 나는 이 시는 더욱 더 독자에게 친근감을 전달하였던 것 같습니다. 엄숙한 분위기에서 약간 코믹스러운 느낌을 주어 더 재미있게 느껴진 것 같습니다.

류현진(서울 대신중)

항상 어떤 일을 하고 나면 후회하는 나로서는「그대 지쳤는가」라는 시가 가장 와닿았습니다. '그곳에서 꾸었던 꿈을 찾지 못 했는가' 라는 말처럼 저는 저의 꿈을 찾아야겠습니다. '인생의 보물찾기에서 / 이리저리 헤매어 지쳤거든 / 원점으로 돌아가 보라' 는 말대로 원점으로 돌아가고 싶은 마음을 가진 적은 많지만 지금은 아닙니다. 지금 나에게는 아직 이루지 못한 꿈이 있고 그 꿈을 위해 나는 최선을 다해 노력할 것입니다. 제게 주어진 삶에 최선을 다해 살겠습니다. '원점' 으로 돌아가고 싶지 않을 만큼….

정유정(서울 배화여중)

지금 학교에 다니고 있는 학생으로서 선생님의 눈으로 쓰여진 시를 읽으면서 선생님의 학생에 대한 사랑을 알 것 같습니다. 학생들을 진심으로 아끼고 사랑하는 것이 시에서 느껴집니다. 지난 해 담임으로 선생님께서는 항상 저희에게 이렇게 사랑을 주시고 응원해주시며 든든한 버팀목이 되어 주시는데 선생님께 더 잘해드리고 좋은 모습을 보여드리지 못한 것이 후회스럽습니다. 우리가 방황을 하든, 철없게 행동하든, 언제나 학생들을 위해 고민하시고 노력하시는 선생님들이 존경스럽습니다. 학생들을 보며 시를 짓고 있는 원시인의 모습이 머리에 그려집니다. 저는 개인적으로「나는 너에게」라는 시가 제일 기억에 남았습니다. 읽으면서 제일 가슴에 와닿기도 했고 공감도 되었습니다.

김민지(서울 동명여고)

사실 이 시들을 읽으면서 단어 하나하나 사랑이 묻어났기에 눈물이 많이 났습니다. 그 안에는 원시인 선생님께서 담임으로 머물러 주셨던 중학교 1학년 시절 모습이 많이 담겨져 있었습니다. 그러기에 제 자신에 대한 반성을 많이 할 수 있었고, 얼마 되지는 않지만 저의 지난 인생을 되돌아보는 시간이 되었습니다. 특히「편애(2)」라는 시에서 '잘못을 저질러서 / 남들보다 두 배 세 배 / 사랑을 더 받고서야 / 비로소 배우는 아이 // 그들을 누구보다 / 더 깊이 사랑해야 / 풀어지는 인연' 이라는 구절을 읽고 많은 공감도 되었고 가슴이 아파오기도 했습니다.

2년 전 중학교 1학년 시절이 생각났습니다. 그 땐 멋모르고 반항이라는 것이 멋있는 것인 줄 알고, 선생님들께 특히 원시인 담임선생님께 많이 반항했었습니다. 그 모습이 시의 구절과 많이 닮았고 그때 담임선생님의 편애 덕분에 많은 것을 배워서 원만한 중학교 생활을 하고 있다는 생각이 듭니다. 이제는 그 편애에 대한 인연을 보답할 시간이 되었다고 생각합니다. 그 길은 더 많이 배워서 세상에 나가 제가 배운 사랑을 다른 사람에게 베풀어야겠습니다.

김효진(서울 배화여중)

　학생인 제가 이 시들을 읽으며, 잠시나마 선생님이 되었습니다. '선생님을 생각하는 학생' 이 되었습니다. '학생을 생각하는 선생님' 이 되었습니다. '선생님을 생각하는 선생님' 이 되었습니다. '학생을 생각하는 학생' 이 되었습니다. 그리고 다시 학생으로 돌아와 '학생으로 산다는 것의 깊은 의미' 를 느꼈습니다. 시집을 읽으며 저는 참으로 많은 것이 되었습니다. 많은 것을 깨달았습니다.

　시「악몽」에서 '선생으로 학생으로 가방은 들고 / 꿈같이 학교를 찾아갔다' 에서처럼 깨달음을 얻은 저는 내일도, 모레도 학생으로 선생으로 가방을 매고 꿈같이 학교를 찾아가겠죠. 내일이 오늘이 되면 또 다른 내일이, 내일이, 내일이…. 내일을 다 써버리는 날에는 저는 어느새 선생님이 되거나 어느 무엇이 되어 학창시절을 그리워하겠죠.

심규영(서울 청량고)

중학교에 입학할 땐 미래의 꿈에 대해서 이렇게 일찍 생각하게 될 줄은 몰랐습니다. 하지만 이제는 그 결정을 해야 하는 시기가 코앞에 다가왔기 때문에 걱정이 되지 않을 수가 없습니다. 「호수」라는 시에서 '물고기들 물살 따라 춤추듯 오가고 / 얕은 곳곳 속이 훤히 들여다보이는 / 깊은 곳곳 어디에 바다 향한 꿈 있으니' 라는 구절을 통해서 한번 더 꿈에 대해서 생각해보게 되었습니다. 아직 미래에 대한 보장은 없지만 바다와 같은 목표에 대한 꿈을 갖고 노력하는 모습이 지금의 입시를 앞둔 저의 모습을 닮았기 때문입니다. 지금은 꿈을 위해서 노력하는 중이기 때문에 그 결과를 알 수는 없지만 그 노력이 조금씩 쌓이다보면 점차 꿈에 다가서게 된다는 것을 다시 한 번 마음에 새기게 됩니다.

이태곤(서울 대신중)

'교직의 사명과 시인의 삶'

임 승 천

(시인 · 한국문인협회 구로지부장 · 한국시인협회 상임위원)

1. 교직의 사명

보통 사람들이 직업을 갖는 목적을 대강 요약해 보면 '생계유지', '사회봉사', '자아실현'의 3가지로 볼 수 있습니다.

교직은 아주 풍족하진 못하지만 안정적 생계를 꾸려갈 수 있고, 청소년들을 바람직한 민주시민, 세계시민으로 육성하는데 헌신하기 때문에 사회봉사를 하고 있다고 볼 수 있으며, 잠재능력을 계발하고 발휘할 수 있는 시간과 기회가 많아 자아실현을 하는데 아주 적합한 직업입니다.

교직과 함께 다른 일을 하기 위해서는 상당한 노력과 자기연찬이 필요합니다. 보통 교육현장에서 교사는 수업은 물론 방과후수업, 학교업무, 학생지도, 수업연구 등 해야 할 일들도 많고, 요구하는 것도 너무 많습니다. 이러한 상황 속에서 교직의 사명을 다하면서 시작 작업을 꾸준히 하고 있는 신호현 시인의 작업은 어느 누구보다도 부지런함과 보람을 느끼게 합니다.

교직에서 자아실현을 위해 필요한 항목은 긍정적 교직관, 적극적 변화와 혁신, 전문능력의 신장, 열정적 업무 추진, 원만한 대인관계, 지극한 학생 사랑, 학생과 국민의 사표로서의 모범적 생활, 학생들의 자아실현 의지 고양 등이 필요합니다.

신호현 선생님은 위에 열거한 것들을 열심히 해내는 아주 훌륭한 시인입니다. 거기에다 "꿀맛사이버논술 지도교사"로 논술 첨삭지도에도 적극적이었습니다. 보통 교사보다 두 배 이상의 시간과 노력을 필요로 하는데 이것을 능히 해내고 있었음을 바람이 전해줘 알고 있었습니다.

이번에 그의 시집을 내는 일이 결코 쉽지 않았을 터인데 그 적극적인 열과 성으로 아름다운 시를 모아 시집을 엮으니 우리 모두 축하할 일입니다. 더구나 그와 만난 선생님, 학부모, 학생들의 시평을 일일이 받아 시집에 함께 엮으므로써 그냥 지나칠 수 있는 시에 대한 감성을 다시 일깨우고 있으니 대단한 일입니다.

2. 신호현 시인과의 만남, 그리고 인연

신호현 시인! 오래 전부터 알고 지냈던 시인. 여름이면 월간 시지 『심상』에서 개최했던 해변 시인학교 열병으로 여름을 보내야 했던 시절 많은 시인과 독자가 한 자리에 모여 시를 공부하고 시를 이야기하고 인생을 논했던 3박 4일의 일정 속에 만났던 인연, 그리고 오랜 동안 심상 시낭송회에서 함께 했던 인연이 아주 많은 후배 시인입니다.

첫 인상도 그러했지만 신호현 시인은 늘 겸손하고 성실했습니다. 그 시절 매년 열리는 해변시인학교와 매달 열렸던 심상시낭송회 이야기 속에 신호현 시인이 항상 자리하고 있었습니다. 늘 진실과 순수의 언저리에 머물며 시적 사유와 창작에 몰두해 왔음을 알 수 있었습니다.

교직 생활을 하면서 시를 쓴다는 것 자체가 상당히 어려운 일입니다. 시작에는 많은 체험과 공부, 상상력과 예술적 감수성, 이미지 찾기와 표현력 등 어느 것 하나 소홀할 수 없는 것들입니다. 교직을 천직으로 생각하면서 틈

틈이 시적 사유에 접하고 아름다운 시를 창작한다는 일이 쉽진 않았을 것입니다. 그럼에도 아름다운 시집 『선생님은 너희를 사랑한단다』를 이 세상에 내놓는 부지런함과 성실함에 놀랍기도 하고 보기에도 너무 좋습니다.

신호현 시인은 이미 세 권의 시집을 갖고 있습니다. 첫 시집 『너희가 머물다 떠난 곳에 남겨진 그리움』(2000)에서 보여준 교직의 보람을 느끼는 삶 속에서 학생들과의 만남과 교감을 노래해 주었습니다. 인생의 한 계단 올라선 이 시집에선 교직에 대한 애정과 관심이 잔뜩 배어있는 작품들로 채워져 있습니다. 이는 신호현 시인만이 가지고 있는 시적 아름다움과 순수하고 건강한 인생관이 바탕이 되기 때문입니다.

두 번째 시집 『지하철 연가』(2002)에서 현대인의 삶 속에 깊이 자리한 지하 공간인 지하철의 또다른 세상에서 시적 사유思惟로 펼쳐낸 시집입니다. 세 번째 시집인 육아시집 『아가야 사랑해』(2003)는 두 자녀를 키우면서 몸과 마음으로 하는 아기사랑의 모범적 모습을 시적 정서로 승화시키고 있음을 깨닫게 해 줍니다.

신호현 시인은 교육청의 여러 글짓기 심사위원으로 중학교 『독서와 논술』, 『중학 논술』교과서의 집필위원으로 "꿀맛논술" 첨삭지도 교사로 아주 다양하고 바쁜 삶을 통해 자아실현의 성취감과 도전 정신을 실천하고 있으며, 여러 글 공모전에서도 다양한 입상 경력을 갖고 있습니다. 그리고 학생들의 편지쓰기나 글짓기지도 등에도 열성적인 시인입니다.

3. 『선생님은 너희를 사랑한단다』의 시적 공간과 바람

늘 겸손하고 성실했던 시절의 이야기 속에 신호현 시인이 있었습니다. 진실과 순수의 언저리에 늘 머물고 있었던 시인입니다. 교직 생활을 하면서 시를 쓴다는 것 자체가 보람도 있지만 아주 어려운 상황도 많습니다. 교직을 천직으로 생각하면서 틈틈이 시적 사유에 접하고 아름다운 시를 창작한다는 일이 쉽진 않았겠지만 시집 『선생님은 너희를 사랑한단다』를 이 세상에 내놓는 것은 부지런함과 성실함의 결실이기에 축하할 일입니다.

모두 5부로 나뉜 시편 속엔 신호현 시인의 교직적 삶의 보람과 순수함의 결정들이 곳곳에 배어 있습니다. 교직과 학생과 선생님들을 사랑하는 아름답고 순수한 마음이 시를 읽는 독자들에게 가득 안겨줍니다. 그러기에 가슴 저편에서 솟는 잔잔한 미소의 샘을 건드려 줍니다.

또한 신호현 시인의 교육적 열정과 순수함, 아름다운 마음을 볼 수 있습니다. 학부모들에겐 열정어린 한 교사의 아름다운 교육적 삶을 일별할 수 있고, 교육 현장의 다양한 모습을 들여다 볼 수 있는 시들일 것입니다. 아울러 학생과 제자들에겐 신호현 시인의 내면 세계를 살짝 들여다 볼 수 있으며, 그 내면에 자리 잡고 있는 교육적 열정과 관심 그리고 사랑이 아주 깊이 있고 부피 있는 모습으로 다가올 것입니다.

신호현 시인은 그 순수의 절정 아래 오랜 시간 제자들과 함께 하며 겪은 일들을 다채롭게 전개하고 있습니다. 모든 시는 함축적인 미와 이미지의 연결성, 그리고 관념적인 것을 감각화와 구체화를 통해 형상화하는 것입니다. 신호현 시인은 교육현장의 다양한 경험과 목소리를 통해 교사로서 시인으로서 하고 싶은 메시지를 강하게 전달하고 있는 것입니다.

학창시절에도
제대로 갖지 못했던
아이들이 붙여준
나의 별명

원시의 사람原始人
원래부터 시인인 사람原詩人

으뜸 가는 시인元詩人

원시의 먼 나라
타임머신 타고 내려와
안경도 써보고
양복도 입어보니
아무도 모르는 나만의 비밀

그리운 나라
원시 세계로 가는 날까지
낮엔 현대 아이들 가르치고
밤엔 타임머신 고치며
원시 이야기 시로 쓰다가

타임머신 다 고치는 날에
안경 벗어 두고
양복 벗어 두고
원시 세계로 돌아가리라

— '원시인' 전문

이 시를 통해 다양한 별명으로 불리는 시인의 모습을

그려주고 있습니다. 바쁜 일상 속에서 잊고 지냈던 시의
세계를 다시 찾은 원시 세계로의 복귀는 시적 순수의 절
정으로 요약될 수 있습니다. 시와의 긴밀한 관계, 시적
사유의 여유로운 공간 속에서의 여행은 신호현 시인에게
있어 공간의 확대를 보여주고 있습니다. 자칫 좁아질 수
있는 교직 공간과의 병행 속에서 다시 찾을 수 있는 시의
넓이는 그의 시적 사유가 아주 건강함을 알 수 있게 해줍
니다.

음악시간 합창을 하듯
높은 소리 낮은 유성으로
미술시간 그림을 그리듯
곧은 숨결 둥근 마음으로
선생님은 너희를 사랑한단다

한 번 교직에 들어서면
영원히 너희를 사랑하는
정글의 끈끈한 거미줄처럼
믿음으로 얽혀 사는 우리

너희 해맑은 웃음꽃 먹고 사는

우리에겐 부귀영화도 헛된 꿈

두어 평 남짓 푸른 초장에 누워

열심히 풀을 뜯는 너희를 보며

너희와 함께 키우는 소망

새벽까치처럼 잠 설치고 나와

희뿌연 안개 피워 마시는 우리

가슴 속 꽃잎 바싹 마를 때까지

선생님은 너희를 사랑한단다

— '선생님은 너희를 사랑한단다' 전문

　　이 시에서는 제자 사랑의 진한 감성을 만날 수 있습니다. 요즘 학생들은 옛날의 학생의 모습과는 너무도 다릅니다. 감각적이고 즉흥적이며 자기중심적입니다. 다양한 사고를 가진 집단 속에서 고민해야 하는 교사의 절절한 사랑이 가득 배어 있음을 느낄 수 있습니다. 그것은 강함과 약함으로 때로는 곡선과 직선으로 표현된 상반된 관계 속에서 찾아야 하는 조화의 폭이 결국 사랑으로 용해되어 있음을 확인할 수 있습니다. 이 시에서 보여지는 기독교적 '믿음 소망 사랑'을 만날 수 있는 시입니다. 결국 '사랑'으로 귀착된 진한 감성을 만날 수 있는 것입니다.

애들아 우리
새순 솟으면 대지를 찬양하자
뒹굴러도 포근한 가슴
파릇한 새순을 피어낸 그 모습
즐겁게 찬양하자

애들아 우리
세상 푸르면 태양을 우러르자
어느 하나 세세한 눈길
뜨거운 마음을 쏟으신 그 모습
겸허히 우러르자

애들아 우리
낙엽지면 나무를 노래하자
일년 내내 불평 없는 손길
풍성한 열매를 맺어준 모습
감사히 노래하자

애들아 우리
첫눈 내리면 하늘을 달려보자
세상 가득 포근히 덮는 발길

새하얀 평화를 베푸는 모습
신나게 달려보자

—'애들아 우리' 전문

이 시에선 사철의 이미지를 통한 밝음을 노래하고 있습니다. 절망을 잊고 피우는 희망적 삶이 망라되어 있습니다. 한 교사의 간절한 바람을 모든 학생들의 보편적 정서 속에 가득 담아 보여줍니다. 찬양, 겸손, 감사, 순수와 평화까지 그 몫은 모든 제자들의 몫으로 남겨놓으며 동참을 호소하고 있습니다. 너무나 아름다운 이 세상의 정경을 제자들에게 안겨주고 싶은 신호현 시인의 애틋한 마음을 읽을 수 있는 시입니다.

대청소하면 안 하고 노는 아이
어떤 일에도 부정적이고 귀찮아하는 아이
마치 자신만이 옳은 양 주장하고 싸우는 아이
보이지 않는 의심만 가득찬 교실에서
순간순간만 모면하려 눈치보는 아이
잘못을 행하고 모르리라 감추는 아이

안일과 나태가 서로 일어나 춤추는 반

이기심과 비양심이 이리저리 굴러다니고
자신의 책임은 구석에서 먼지로 쌓이고
사랑과 온정이 청소함 속 푹푹 썩는 교실
정열과 열정의 분필이 부러져 뒹굴고
회초리 소리만이 찰싹찰싹 들리는 교실
분필가루 날려 가슴 속 멍울 키우는 교실

그런 교실에서 너희를 앉혀 놓고
제멋에 빠져 힘찬 수업은 하는 난
상징은 상징으로 남고
모순은 모순으로 남고
역설은 역설로 남는데
열려진 창밖 달아나는 정열을 본다

애써 교사가 된 우린 너희에게
언제나 사랑으로 가르치길 희망하지
너희와 어우러져 손잡고 함께 나가는 반
노래와 웃음이 교실 가득 들리는 반
무슨 일이든지 한 마음으로 합심하여
최선을 다하며 스스로 책임을 지는 반
믿음과 사랑이 충만하여 기쁜 반

마음의 벽을 허물고 터놓고 의논하는 반

칠판 가득 미래의 희망을 하얗게 그려 놓고

초롱초롱 빛나는 눈빛으로 날 응시하는 반

선생님을 아빠처럼 엄마처럼 생각하는 반

교직에 언제나 초보인 나도 그런 반에서

그런 선생님으로 생활하고 싶구나

— '너희들에게(2)' 부분

이 시 '너희들에게'는 교사로서의 간절한 바람을 시적으로 형상화하여 보여주고 있습니다. 열심을 내보지만 실망할 수밖에 없는 현실 앞에서 안타까운 마음을 표현한 시입니다. 달아나버리는 열정 앞에서도 희망을 잃지 않기 위해 애쓰는 마음이 눈에 보입니다. 그 바람은 언제나 초보인 교사의 마음입니다. 초심을 잃지 않는 모습이 애처로울 뿐입니다. 그만큼 교직은 힘든 것입니다. 그러기에 많은 선생님들이 순수와 열정을 가지고 학생들을 가르치지만 때론 실망과 절망으로 무너져내릴 때도 많은 것입니다. 신호현 시인의 간절한 바람은 모든 교사들의 소망인 것을 압니다.

이러한 신호현 시인의 시편 속에서 교육적 삶의 열정과 사랑, 끊임없는 자아실현의 의지와 지극한 제자 사랑

의 마음을 만날 수 있습니다. 이 시인의 아름다움과 순수
는 여기에서 끝나서는 안 됩니다. 이것은 현대를 살고 있
는 우리 선생님들과 학부모와 학생들의 입에서 입으로 전
해지는 영원한 화두가 되어야 합니다.

　교사로서의 순수한 삶과 시적 진실 앞에 절망과 좌절
은 절대 있을 수 없습니다. 희망과 보람으로 가득찬 미래
의 시간이 시적 공간에서 충분히 펼쳐지길 바랄 뿐입니
다. 신호현 시인이 가지고 있는 그 열정과 사랑이 오래도
록 교육현장에 남아 있길 간절히 바랍니다. 다시 한 번
『선생님은 너희를 사랑한단다』 시집 출간을 축하합니다.